Jetta Heinen, 1994, lebt in ihrer Heimatstadt Köln.
AUS ist ihr dritter Roman.

 www.instagram.com/iam_jetta

www.jettaheinen.com

Jetta Heinen

AUS

Roman

© 2021 Jetta Heinen

Dieser Titel ist auch als E-Book erschienen

Originalausgabe

Umschlaggestaltung: Chris Ensminger (Viramedio), Magdeburg, Bild:
Alessio Lin

© 2020
Herstellung und Verlag: BoD – Books on Demand, Norderstedt.
ISBN: 978-3754373156

Weitere Informationen unter
www.bod.de
Bitte beachten Sie auch: www.instagram.com/iam_jetta

Bibliografische Informationen der Deutschen Nationalbibliothek: Die
Deutsche Nationalbibliothek verzeichnet diese Publikation in der
Deutschen Nationalbibliographie; detaillierte bibliografische Daten sind
im Internet über http://d-nb.de abrufbar.

Für die erste große Liebe,
die wir alle erleben.

Hast du schon mal versucht, eine brennende Kerze durch den Regen nach Hause zu tragen?

Der Zauber der ersten Liebe liegt darin, daß man sich nicht vorzustellen vermag, sie könnte jemals enden.

Benjamin Disraeli, Earl of Beaconsfield

Kapitel 1

Schon auf der Treppe spürt Mathilda, dass sich ihr Hals zuzieht. Sie weiß nicht, ob es die winterliche Kälte ist, die Anstrengung oder das, was sie oben erwarten wird. Sie setzt einen Schritt vor den anderen, das Holz der alten Treppe knarrt. Sie erinnert sich daran, wie es geknarrt hat, als sie hier vor zwei Jahren eingezogen waren. Mathilda hat fachmännisch beäugt, wie Aron und ihr Bruder die Möbel in den zweiten Stock getragen haben. Es kommt ihr vor, als wäre dieser Tag Jahrzehnte her, Jahrtausende.

Als sie den Treppenabsatz erreicht, sieht sie ihn. Aron. Der Mensch, der zweifellos die Liebe ihres Leben gewesen ist. Ist. Sie ist sich nicht sicher, will ihn weggestoßen und an sich reißen. Er trägt eine schwarze Jogginghose und ein Carhartt-Shirt. Das Treppenhaus ist zu kalt, um sich in diesem Aufzug hieraus zu setzen. Er hat sein Handy in der Hand, hat seinen Blick auf das Display gerichtet. Als er ihre Schritte hört, sieht er auf. Sieht sie an. In das Gesicht, das er am besten auf der Welt gekannt hat. Kennt. Er ist sich nicht sicher, er will wegsehen und sie anschauen.

„Hallo", sagt Mathilda. Sie runzelt die Stirn und zeigt erst auf die geschlossene Wohnungstür, dann auf ihn. „Warum sitzt du hier draußen?"

Aron hebt die Augenbrauen. Er nimmt die Zigarettenschachtel von der Stufe, auf der er sitzt und hält sie hoch. „Ich wollte Zigaretten holen. Hab den Schlüssel vergessen. Der Schlüsseldienst ist unterwegs." Schuldbewusst verzieht er den Mund.

Mathilda stöhnt innerlich auf. Sie ist nicht quer durch die Stadt gefahren, um jetzt vor verschlossener Tür zu stehen. Sie geht hinüber zur Tür, rüttelt am Knauf. „Mensch Aron", sagt sie. Sie hat nicht vor, mit ihm zu streiten, sie haben sich eine Weile nicht gesehen. Es gab eine Zeit, da hat sie nicht ertragen, wenn er nicht im selben Raum war wie sie. Sie blickt auf das Holz der Tür. Es kennt ihre Geschichte, besser vielleicht als sie selbst. Es hat sich eine Meinung gebildet zu der Stille, die zwischen ihnen entstanden ist. Dazu, dass immer einer da war, aber nie beide zusammen. Schon lange nicht mehr. Sie sind sich nicht aus dem Weg gegangen, sie sind denselben Weg in unterschiedliche Richtungen gelaufen. Sie will ihm einen vorwurfsvollen Blick zuwerfen, aber stattdessen schließt sie die Augen und ärgert sich über sich selbst, dass sie ihren eigenen Schlüssel nicht mitgenommen hat, weil sie davon ausgegangen ist, dass Aron da sei. Bis sie jetzt zurück zum anderen Ende der Stadt fahren gefahren wäre, um ihren Schlüssel zu holen, wäre der Schlüsseldienst wohl allemal da.

„Ich mach dir einen Vorschlag: Sobald ich drin bin, suche ich dir das Kleid raus und bring es dir heute noch vorbei." Aron rutscht auf der Stufenkante nach vorne.

Mathilda seufzt. „Du weißt doch gar nicht, welches ich brauche."

„Ich schicke dir Fotos", schlägt er vor.

Mathilda lehnt sich mit dem Rücken gegen die Tür. Sie sieht auf seinen Mund, auf seine Lippen. Sie sehen anders aus, als gehörten sie nicht zu ihm. „Haben die gesagt, wie lange das dauern wird?" Sie deutet auf sein Telefon.

„Nein."

Seine Einsilbigkeit löst etwas in ihr aus. „Du wusstest, dass ich komme und du weißt, dass ich morgen das Kleid brauche." Sie sagt es mit ruhiger Stimme und deswegen klingt es seltsam. Sie versucht es noch einmal am Türknauf, wundert sich aber nicht, dass die Tür immer noch verschlossen ist. In Arons Augen sieht sie, dass es ihm leidtut.

„Ich wäre besser schon im Laufe der Woche gekommen", sagt sie kleinlaut. Aron ist zuverlässig. War er immer. Ihm die Schuld dafür zu geben, dass er sich ausgesperrt hat, wäre nicht fair. Das weiß sie. „Hast du dir neue Zigaretten geholt?"

„Nein, ich hab auf dich gewartet." Aron grinst sie an. Sein Grinsen schmerzt. Es passt nicht. Es ist fehl am Platz. Wie ein Löwe am Nordpol.

„Wie lange kann das dauern? Wartet man nicht ewig auf den Schlüsseldienst?", überlegt Mathilda.

Aron sagt nichts dazu. Er hebt nur kurz die Schultern.

Mathilda wendet den Blick ab, sieht ihn wieder an. „Nun geh schon und hol dir Zigaretten. Ich warte hier so lange."

Aron will abwinken, aber als er Mathildas Gesicht sieht, nickt er kurz. „Cool, gut."

Er steht auf, geht an ihr vorbei und die Treppe hinunter. Er trägt nur ein T-Shirt, während draußen der Dezember vor der Tür steht.

Sie setzt sich auf die Stufe, auf der Aron gerade noch gesessen hat. Sie lehnt sich zurück, stützt die Ellenbogen auf die Stufe über ihr. Es ist ihr unheimlich, wie fremd ihr dieses Treppenhaus vorkommt. Zwei Jahre lang ist sie jeden Tag treppauf, treppab gelaufen. Jetzt hat sie das Gefühl, sie sitzt in einem anderen Haus, in einer anderen Stadt, in einem anderen Land. Auf einem anderen Planeten, in einem anderen Sonnensystem. Ganz egal, wo, jedenfalls weit weg von dem, was sie mit Aron verbunden hat. Wenn sie demnächst ihre Sachen aus der Wohnung holt, hat sie nicht nur das Kapitel abgeschlossen, sondern das Buch zugeschlagen. Wer hätte gedacht, dass es jemals so weit kommen würde.

Sie denkt an die Wohnung ihrer Schwester, in der sie momentan auf dem Sofa schläft. Seit 61 Tagen. Mit einem Koffer und dem Backpackrucksack ihres Bruders ist sie aus ihrer gemeinsamen Wohnung mit Aron ausgezogen, so gepackt, als würde sie für drei Jahre um die Welt reisen. Kleidung für besondere Anlässe hat sie dagelassen. Weil morgen ihr Neffe getauft wird, braucht sie das blaue Kleid, das im Schlafzimmerschrank hängt. Es trennt sie nur ein Stück Holz von diesem Kleid.

Sie holt ihr Handy aus der Tasche, schreibt ihrer Schwester eine kurze Nachricht. Dass sie später kommt – sie hatten eigentlich vorgehabt, etwas beim Asiaten zu bestellen und das Finale der Serie zu gucken, die sie gemeinsam angefangen haben. Vor 60 Tagen. Als Mathilda sich in einem Zustand befand, den sie selbst nicht definieren konnte. Sie hat sich wie Schokolade gefühlt, die zu lange in der Sonne gelegen hatte.

Paula, ihre Schwester, braucht nicht lange für ihre Antwort. Sie fragt, ob Mathilda einen Wein vom Späti mitbringt. Mathilda verdreht die Augen und steckt das Handy wieder ein. Ihr Blick fällt auf die Fußmatte, dann wieder auf die Tür. Und plötzlich sieht sie all die Leute, die wegen Aron und ihr bereits vor dieser Wohnung gestanden haben. Ihre gemeinsamen Freunde, Freunde von Aron, ihre eigenen Freunde. Ihre Eltern, Arons Vater. Arons Mutter war kein einziges Mal hier gewesen, Mathilda hatte sie in den fünf Jahren sowieso nur ein einziges Mal gesehen. Sie lebt in Singapur, mit einem neuen Mann und für ihren Job. Was sie genau beruflich macht, hat Mathilda nie interessiert. Sie mochte sie nicht, weil sie Aron alleingelassen hatte.

Diesem Gedanken hängt sie nach, als Aron wieder oben ankommt. Er sieht, dass sie auf seinem Platz auf der Treppe sitzt und lehnt sich an das Geländer. Er hebt die Zigarettenschachtel an, um ihr zu bedeuten, dass er erfolgreich war, dann legt er den Kopf in den Nacken und sieht das Treppenhaus hinauf, als würde er sich für dessen Architektur interessieren. Es ist ein altes französisches Treppenhaus; die Stufen führen in weiten Kreisen in die Stockwerke hinauf, das Geländer ist massiv, der Handlauf breit und aus Holz. Das war das erste, in das sich Mathilda verliebt hat, als sie mit Aron die Wohnung besichtigt hatte. Er erinnert sich daran, wie sie mit der Bahn in diesen Teil der Stadt gefahren waren. Er hatte ihre Hand gehalten, als sie an der U-Bahn-Station ausgestiegen waren und sie nicht losgelassen bis sie vor der Haustür standen. Der Hauseigentümer hatte ihnen die Tür geöffnet, ihnen die Hand gegeben. Dann hatte er sie hinauf in den zweiten Stock geführt. Mathildas Augen hatten gestrahlt, als sie die Treppe hinaufgestiegen waren. Aron hatte keinen Blick für das Treppenhaus gehabt, nur Blicke für sie.

Jetzt sieht er wieder zu ihr und muss aufpassen, dass er sich nicht in dem Grün ihrer Augen verliert. Er verschränkt die

Arme vor der Brust, da erwidert sie seinen Blick. Er lächelt sie an. „Ich kann dir das Kleid wirklich später noch vorbeibringen."

„Es ist alles in Ordnung, Aron. Ich warte hier mit dir auf den Schlüsseldienst." Mathilda erwidert sein Lächeln und beobachtet, wie er wieder den Kopf in den Nacken legt, um seinen Blick auf die Decke des Treppenhauses zu richten.

Kapitel 2

Zum ersten Mal gesehen hatten sie sich in der Uni. Aron studierte Literaturwissenschaften und Philosophie, Mathilda Literatur- und Buchwissenschaften. Der Professor, der den Kurs *Literatur der Gegenwart* hielt, war ein älterer Herr in einem Nadelstreifenanzug mit grauem schütterem Haar und er war schon im Raum. Er unterhielt sich in der ersten Reihe mit einem wissenschaftlichen Mitarbeiter, der die Beine in seiner engen Jeans überschlagen hatte und seine ausschweifenden Worte mit dem Kugelschreiber untermalte, den er in der Hand hielt. Die Studenten, die ihre Plätze eingenommen hatten, hatten die Lektüre, um die es ging, herausgeholt: Benedict Wells, *Vom Ende der Einsamkeit.*

Mathilda trug ihre Haare noch lang, sie hatte sie noch nicht blond gefärbt. Sie kam in den Raum, setzte sich an einen Tisch am Rand und holte Block und Roman heraus.

Das Seminar hatte bereits begonnen, als die Tür erneut aufging und Aron hereinkam. Er steckte sich lässig seine Sonnenbrille in die Haare, hob entschuldigend die rechte Hand und ließ sich mit einem Stuhl Abstand auf einen Platz neben Mathilda fallen. Vermutlich, weil er schnell zu erreichen war.

Während des Seminars hörte Aron kaum zu, er schrieb E-Mails auf seinem Laptop - das konnte Mathilda aus dem Augenwinkel heraus sehen. Einmal fragte er sie, um welche Seite im Roman es gerade ging. Da sah er sie zum ersten Mal an. Sein Blick blieb an ihr hängen, lange genug, um ein Interesse erkennen zu lassen. Es war Mathilda, die den Blick abwandte. Aron schlug die Seite nicht auf, die sie ihm genannt hatte, er schlug den Roman auf einer beliebigen Seite auf, grinste und schlug ihn wieder zu. Sein Blick fiel noch drei, vier Male auf Mathilda, dann betrachtete er das Cover, als wäre das momentan Thema. Auf dem Buchdeckel waren ein Mann und eine Frau abgebildet. Der Mann trug ein helles T-Shirt, die Frau ein dunkles Top. Ihre Hände lagen in seinem Nacken, beide schauten sie in eine Richtung. Ihre Mimik war nicht auf den ersten Blick zu deuten. Ihre Gesichter schienen regungslos, als betrachteten sie etwas, ohne dabei etwas zu empfinden. Das Bild hatte einen orangefarbenen Stich. Aron drehte den Roman um, überflog den Klappentext. Es war das erste Mal, das er sich mit diesem Buch auseinandersetzte. Er hatte es gekauft. Das war's. Mehr Anstrengung sollte nicht nötig sein, um diesen Kurs zu bestehen.

„Nun ist es an uns, den Begriff der Einsamkeit einmal näher zu definieren." Als der Professor das sagte, sahen Mathilda und Aron beide nach vorne. „Hermann Hesse hat einst gesagt, Einsamkeit sei der Weg, auf dem das Schicksal den Menschen zu sich selber führen wolle. Jetzt frage ich Sie, warum verknüpfen wir mit dem Begriff der Einsamkeit zunächst ein negatives Gefühl?"

Eine Handvoll Studenten meldeten sich, sprachen über ihre Gedanken. Mathilda kritzelte ein paar Notizen auf ihren Block. Sie spürte sehr wohl, dass ihr Sitznachbar sie immer wieder verstohlen ansah und konzentrierte sich darauf, seine Blicke nicht zu erwidern.

Aron meldete sich nach ein paar Minuten: „Für mich ist Alleinsein das Zusammensein mit sich selbst als etwas, was wohltuend ist, wohingegen der Einsamkeit ein Gefühl der Verlorenheit zugrunde liegt."

Der Professor lächelte ihn an und nahm einen weiteren Studenten dran.

Jede Woche saßen Aron und Mathilda gemeinsam in diesem Kurs. Sie sahen sich in keiner anderen Veranstaltung. Wenn Mathilda schon da war, bemühte sich Aron, sich in ihre Nähe zu setzen, wenn Aron zuerst da war, achtete er darauf, dass um ihn herum noch Plätze frei waren. Kurz vor der Weihnachtspause saß er wieder einen Platz von Mathilda entfernt. An diesem Tag sprachen sie darüber, inwiefern Liebe das zentrale Element der Handlung war. Aron war unkonzentriert, er hatte sich vorgenommen, Mathilda anzusprechen, wenn sie nur wieder näher bei ihm sitzen würde.

Schließlich schlug er wieder eine beliebige Seite auf, las ein paar Zeilen. Er nahm den Kugelschreiber und unterstrich ein Wort, dann schaute er zum Professor, der in einen Vortrag über die Liebe zwischen Jules und Alva vertieft war, steckte seinen Kugelschreiber zwischen die Seiten sechsundvierzig und siebenundvierzig und schob das Buch über den Tisch zu Mathilda. Mathilda blickte von ihrem Block auf, hob amüsiert die Augenbrauen, als sie Arons Buch vor ihrem Block liegen sah und sah ihn fragend an.

„Öffne das Buch", formte Aron tonlos mit den Lippen und untermalte seine Aufforderung, indem er selbst ein unsichtbares Buch aufschlug.

Mathilda nahm sein Buch in die Hand; der Kugelschreiber zeigte ihr, welche Seiten sie sich anschauen sollte. Auf der linken Seite war das Wort „Hey" unterstrichen. Sie konnte nur schwer ein Lachen unterdrücken und sah Aron an, der sie zufrieden anlächelte. Sie nahm einen pastellfarbenen Textmarker aus ihrem Mäppchen und markierte dasselbe Wort in einem zarten Rosa. Da der Kugelschreiber noch immer zwischen den Seiten steckte, schloss sie das Buch und schob es zurück zu Aron.

Aron öffnete das Buch, lachte, als er sah, dass Mathilda dasselbe Wort markiert hatte und überflog die Seite. Er nahm den Kugelschreiber und unterstrich weitere Worte. Dann legte er den Kugelschreiber wieder zwischen die Seiten und schob das Buch zurück zu Mathilda.

Sie sah ihn grinsend an und schlug den Roman auf. Aron hatte einen Satz auf derselben Seite markiert, allerdings hieß er dieses Mal: „In der zweiten Runde bist du *dran*". Mathilda nahm den Kugelschreiber aus dem Buch und blätterte vor und zurück. Sie überflog ein paar Sätze.

Aron beobachtete sie dabei. Er hatte noch nie ein Mädchen gesehen, dass so schöne Augen hatte. Er hatte noch nie ein Mädchen gesehen mit einem so schönen Mund. Er hatte noch nie ein Mädchen gesehen, dass so schön war und es so wenig wusste. Als sie ihm das Buch zurückgab, wartete er darauf, dass sie ihn ansah. Er hatte noch nie ein Mädchen gesehen, dass ihn ansah und ein solches Gefühl in ihm auslöste.

Der Kugelschreiber steckte zwischen den Seiten zweiundsechzig und dreiundsechzig. Mathilda hatte einen Satz auf der rechten Seite markiert: „Alles klar bei dir?"

Sie beobachtete, dass Aron schmunzelte. Eifrig blätterte er ein paar Seiten vor, auf der Suche nach einer Antwort, die Wells ihm zurechtgelegt hatte. Schließlich war „Ja, verdammt" unterstrichen, als Mathilda das Buch zurückbekam.

Mathilda lächelte ihn an.

„Der Mensch ist sich seiner Gefühle vor allem in Traurigkeit und Schmerz bewusst. So stellt sich mir die Frage, ob Jules sich Alvas Besonderheit erst durch seine eigene Traurigkeit und seinen eigenen Schmerz bewusst wurde. Ist es nicht gänzlich ironisch, gänzlich sarkastisch, nahezu zynisch, dass er Alva verlor und in eine noch tiefere Traurigkeit, einen noch tieferen Schmerz stürzte?" Der Professor hielt inne und ließ seinen Blick über die Seminarteilnehmer schweifen.

Am Ende der Seminarstunde zog Aron den Roman, der immer noch an Mathildas Platz lag, zu sich heran, zwinkerte ihr zu und verließ, ohne ein Wort zu sagen den Raum.

Eine Woche später setzte sich Aron direkt neben sie und sah sie erwartungsvoll an. „Hey", sagte er.

„Hey", antwortete Mathilda lachend.

„Ist das okay, wenn ich hier sitze?", fragte Aron. Er zog seinen Kugelschreiber und seinen Roman aus der Tasche.

„Klar." Mathilda nickte ein paar Mal. Sie wusste nicht, was sie sagen sollte.

Als der Professor das Seminar eröffnete, markierte Aron zwei Zeilen und schob Mathilda sein Buch zu. Sie schlug es auf, unterstrichen war die Frage: „Wäre es wirklich besser, wenn es diese Welt überhaupt nicht gäbe?"

Mathilda unterstrich einen Satz auf Seite hundertfünfundsechzig: „Hoffnung ist was für Idioten."

Aron antwortete mit Seite hundertneunzig. „Wenn man sein ganzes Leben in die falsche Richtung läuft, kann's dann trotzdem das Richtige sein?"

Danach bekamen sie die Aufgabe, den Blick des Protagonisten auf seine Kindheit bildlich darzustellen. In der Zeit sprachen die Studenten miteinander, um die Aufgabe zu lösen.

„Ich denke, dass es das Richtige sein kann", sagte Mathilda, ohne ihren Textmarker gezückt zu haben.

Aron nickte. „Woher weiß man dann, was richtig und falsch ist?" Er zeichnete zwei Kreise in den Roman, gleich auf die erste Seite, vermutlich, weil er nur dieses Buch und einen Kugelschreiber dabei hatte. „Darf ich deinen Namen erfahren?", fragte er sie hoffnungsvoll.

„Mathilda", antwortete sie. „Und wie heißt du?"

„Aron", sagte er.

Mathilda nickte. „Was studierst du?"

Er nannte ihr seine Fächerkombination und fragte nach ihrer. „Schreibst du selbst?", wollte er von ihr wissen.

„Nicht wirklich", sagte Mathilda.

Am Ende der Seminarstunde nahm Aron Buch und Stift in die Hand, winkte ihr kurz zu und verließ den Raum.

Kapitel 3

Aron blickt immer mal wieder zu Mathilda hinüber, die auf der Treppe sitzt und Nachrichten auf ihrem Handy schreibt. Sie trägt ein schwarzes T-Shirt von Janis Joplin, darüber eine Lederjacke und darüber ihre schwarze Winterjacke mit der Fellkapuze. Dass sie ihre Haare blond und nicht mehr braun trägt, daran hat er sich immer noch nicht gewöhnt. Aber auf eine Weise gefällt es ihm. Sie sieht frech aus.

Er beobachtet, wie sich ihre Augenbrauen zusammen-ziehen, weil sie so konzentriert ist. Wie sie ihre Unterlippe einsaugt und er erinnert sich daran, dass sie das immer tut. Das war das erste, was ihm an ihr aufgefallen war. Das war das erste, in das er sich verliebt hatte. Wie sie dasitzt, ist sie ihm fremd. Sie nimmt ihn nicht wahr und am liebsten würde er zu ihr gehen und ihre Schulter berühren, um sie auf sich aufmerksam zu machen. Er fühlt sich schuldig für das, was gewesen ist. Es gehören immer zwei dazu, wenn eine Liebe beginnt und wenn eine Liebe endet, aber er selbst glaubt jetzt nicht daran.

Als er wieder zu ihr sieht, sieht sie ihn an. Ihr Blick ist liebevoll. „Ich bin dir nicht böse", sagt sie, als könnte sie seine Gedanken von seiner Stirn ablesen. „Das kann jedem mal passieren." Sie meint, dass er sich ausgesperrt hat.

„Es ist trotzdem ärgerlich", sagt Aron.

Mathilda winkt ab.

„Hast du heute Abend noch was vor, dass du dadurch jetzt verpasst?", fragt er sie.

„Paula und ich wollten den Abend zusammen verbringen, aber das machen wir sowieso jeden Tag, also alles gut." Sie nimmt ihr Handy mal in die linke, mal in die rechte Hand.

Aron denkt an Mathildas Familie, an ihre Schwester, ihren Bruder, die Kinder ihres Bruders, ihre Eltern. Er hat sich wohl bei ihnen gefühlt. Sie haben sich nach Familie angefühlt. Er denkt an ihr großes Haus, das so anders war als das Haus, in dem sein Vater mit ihm lebte. Das Haus seines Vaters war kalt, schlicht, modern, steril. Es gab zwar überall Fenster, aber er fühlte sich wie in einem gläsernen Käfig. Das Haus von Mathildas Eltern war warm, liebevoll eingerichtet. Überall standen Fotos. Von Urlauben, von Freunden. Auch ein Bild von ihm hing dort, das ihn zusammen mit Mathilda zeigte. Sie hatten es aufgenommen, als sie in Paris gewesen waren. Mathilda hatte vor dem

Eiffelturm auf ein Selfie bestanden. Sie grinsten breit in die Kamera. Er liebte das Foto. Er liebte das Haus und seine Bewohner. Sie haben ihn aufgenommen, die Feiertage mit ihm gefeiert, die Geburtstage. Sie haben ihn mit in die Familienurlaube genommen, ihn zu Hochzeiten und Taufen eingeladen. Morgen wird Mathildas jüngster Neffe getauft und es ist das erste Mal, dass er nicht dabei ist.

„Timmi hat nach dir gefragt. Er wollte wissen, wann du ihm wieder ein neues Hot Wheels – Auto mitbringst", sagt Mathilda, als wüsste sie genau, dass er darüber nachdenkt.

Aron grinst, aber er merkt, dass dieses Grinsen wehtut. Er wird ihm nie wieder ein Auto schenken, vielleicht wird er ihn nie wieder sehen. Er sieht, wie Mathilda auf ihrer Unterlippe kaut und er denkt daran, wie sehr er das geliebt hat. Liebt. Er kann es nicht leugnen. Wahrscheinlich wird das das letzte Bild sein, das er vor Augen hat, wenn er irgendwann einmal den Löffel abgibt. Mathilda, wie sie an ihrer Lippe spielt.

„Wie gefällt es ihm in der Schule?", fragt er, weil ihm einfällt, dass er im Sommer in die erste Klasse gekommen ist.

„Ganz gut. Er hat sich erst einmal geprügelt." Mathilda lacht ihr gluckerndes Lachen. Es hallt im Treppenhaus ein wenig nach.

„Das gehört dazu", sagt Aron lächelnd.

„Sag das mal meinem Bruder." Mathilda verdreht die Augen, weil ihr Bruder und seine Frau dazu neigen, panisch zu werden, wenn ihr Sohn in der Schule auffällt.

Es bleibt eine Weile still zwischen ihnen. Es gäbe so viel zu sagen, aber sie denken beide darüber nach, wie sie das vermeiden können. Mit einem Mal steht Mathilda auf.

„Ich muss eine Flasche Wein für Paula besorgen, wenn ich zurückfahre. Das kann ich doch jetzt mal eben machen. Vielleicht kommt in der Zeit der Schlüsseldienst", sagt sie.

Aron nickt.

„Brauchst du irgendwas?", fragt sie. „Ich geh zum Späti an der Ecke?"

„Zigaretten habe ich ja jetzt", sagt Aron grinsend.

„Okay." Mathilda lacht kurz. „Bis dann."

Jetzt ist sie es, die die Stufen hinabsteigt. Aron sieht ihr nach bis sie unten die Haustür öffnet. Als die Tür ins Schloss fällt, seufzt er. Er ärgert sich über sich selbst, darüber, dass er so unkonzentriert war, als er die Wohnung verlassen hat. Er will nicht, dass Mathilda denkt, er hätte sich absichtlich ausgesperrt, um sie zu ärgern. Er wollte die Begegnung mit ihr schnell über die Bühne bringen. Ihr das Kleid aushändigen und nicht mehr daran denken. Er versucht seit 61 Tagen nicht mehr an sie zu denken und denkt pausenlos an sie. Er kann es verstehen. Er kann verstehen, dass sie gegangen ist. Dass ihr etwas gefehlt hatte, aber ihm ist es anders gegangen. Er ist nicht mit seinem Leben glücklich, aber mit ihr. Von diesem Gedanken sollte er sich langsam verabschieden. Dadurch bekommt er sie auch nicht zurück.

Er stößt sich vom Geländer ab, fährt sich durch die Haare, geht hinüber zur Wohnungstür und rüttelt selbst noch einmal am Türknauf, als würde die Tür auf wundersame Weise doch aufspringen. Er nimmt sein Handy aus der Tasche und checkt die Uhrzeit. Es ist eine halbe Stunde her, dass er den Schlüsseldienst gerufen hat. Er öffnet Google und fragt die Suchmaschine, wie lange man üblicherweise auf einen Schlüsseldienst warten muss. *In der Regel zwischen dreißig und sechzig Minuten*, ist die Antwort. Noch eine halbe Stunde und dann ist immer noch nicht sicher, ob jemand bis dahin da ist.

Nach etwas mehr als fünf Minuten hört er, dass die Haustür aufgeht, er hört Schritte auf der Treppe und weiß, dass es Mathilda ist, bevor er sie sieht. Sie hat drei Flaschen dabei. Eine Weinflasche und zwei Flaschen Bier. Eine hält sie ihm hin.

„So wird die Wartezeit angenehmer", sagt sie. Sie holt einen Beutel aus ihrer Tasche und verstaut die Weinflasche in ihm. Er hat gerade noch gesehen, dass es ein Weißwein ist. Nicht, dass er groß Ahnung von Wein hätte, er wählt seinen Wein in der Regel nach dem Design des Etiketts aus.

„War Yoshi da?", fragt Aron sie mit einem Grinsen im Blick. Er nimmt ein Feuerzeug aus der Tasche und hebelt damit die Flaschendeckel auf. Einmal hat er versucht, Mathilda beizubringen, wie man Bierflaschen damit öffnet, er hat sogar mal versucht, ihr zu zeigen, wie man es mit einem Stein macht. Mathilda hatte sich nicht sehr geschickt angestellt.

„Ja, Yoshi war da. Und sein Sohn. Ich hatte gar nicht mehr im Kopf, dass er schon so groß geworden ist", sagt Mathilda und schüttelt kurz den Kopf.

„Groß und frech", fügt Aron hinzu. Er meint es nicht so. Er kommt gut mit Yoshi, dem Besitzer des Spätkaufs an der Ecke, und seinem Sohn zurecht.

Mathilda lächelt.

Aron gibt ihr die Flasche zurück und sie stoßen an, ohne einen Toast zu sprechen. Sie stehen beide am Geländer. Ungefähr einen Meter voneinander entfernt. Sicherheitsabstand. Aron sieht, dass Mathildas Lippen feucht sind, als sie die Flasche absetzt. Er muss das Lächeln unterdrücken, dass sich auf sein Gesicht stiehlt. Er ist sich sicher, dass niemand sie so gut kennt wie er. Dass niemand sie so sieht wie er.

Mathilda bemerkt seine Blicke nicht und guckt auf die Uhr. „Wann hast du den Schlüsseldienst angerufen?"

„Vor einer halben Stunde. Es kann, glaube ich, noch etwas dauern", sagt er und hat das Google-Suchergebnis vor Augen. Er hebt entschuldigend die Augenbrauen, aber Mathilda winkt ab.

„Ist jetzt auch egal", sagt sie, lacht und nimmt noch einen Schluck. Dann lässt sie den Blick über die Wände schweifen, über die Decke und die Treppe, die in das nächste Stockwerk führt. Oben wohnen Johnny und Richard, das schwule Pärchen aus London, ein älteres Ehepaar und Tanja mit ihrer kleinen Tochter Lia. Sie hat das Gefühl, dass diese Menschen alle mit ihr zusammen ausgezogen sind. Sie verzieht den Mund, dreht sich zu Aron um und grinst ihn an. „Hast du zufällig ein Kartenspiel hier draußen versteckt?"

Kapitel 4

Mathilda arbeitete neben dem Studium in einem kleinen Buchladen in Kreuzberg. Dreimal die Woche half sie aus, die Besitzerin des Buchladens war eine Freundin ihrer Mutter. Sie liebte ihren Aushilfsjob, denn sie liebte Literatur und sie sprach gerne ausführlich über die neusten Titel auf den Bestsellerlisten.

Als sie eines Nachmittags hinter der Kasse stand, blickte sie nicht direkt auf, als das Glöckchen über der Tür einen neuen Kunden ankündigte. Sie sortierte gerade Lesezeichen, die in der Lieferung am Morgen angekommen waren, in eine Box an der Kasse. Als sie aber aufsah, war sie überrascht. Niemand anderer als Aron war soeben durch die Tür getreten. Er trug eine schwarze Winterjacke und hatte seine Hände in die Taschen seiner Jacke gesteckt.

„Hi", sagte er, lächelte sie an und ging zu einem Tisch, auf dem Thriller gestapelt lagen. Er nahm ein Buch nach dem anderen in die Hand, drehte es um und las den Klappentext, dann legte er es wieder zurück auf den Tisch. Ein paar Minuten lang stand er so da, dann sah er zu ihr.

Mathilda hob fragend und belustigt die Augenbrauen. „Kann ich dir helfen?"

Aron zog die Augenbrauen zusammen und sah sie konzentriert an. „Es geht um einen Roman. Paolo Cognetti *Acht Berge.*"

Mathilda ging um die Kasse herum und auf einen Auslagetisch am Schaufenster zu. Sie nahm das oberste Exemplar des Romans und reichte es ihm. „Morgen fangen wir mit der Besprechung an. Meinst du, du hast den Roman bis dahin gelesen?", zog sie ihn auf.

Aron grinste sie an. „Ich bin sicher, meine Sitznachbarin weiß ziemlich genau Bescheid."

Sie lachte. Er beobachtete sie, wie sie die Bücher in der Auslage gerade rückte und über das Cover des Romans strich. Sie trug ein graues Sweatshirt und eine schwarze Jeans, dazu Boots. Es war kalt geworden, vorgestern hatte es zum ersten Mal geschneit. Das neue Jahr begann frostig. Sie trug ihre Haare offen.

„Kann ich sonst noch was für dich tun?", fragte sie ihn und sah ihn verlegen an.

„Nein, das war es eigentlich." Er wollte ein Gespräch in Gang bringen, aber ihm fiel nichts ein, was er hätte sagen können. Er wollte sie nicht überrumpeln. Ihr nicht zu nahe treten. „Hast du das Buch denn schon gelesen?", fragte er deshalb, als er bei ihr an der Kasse stand.

„Ja, aber schon im Sommer. Da wusste ich noch nicht, dass es drankommt." Mathilda verzog den Mund.

„Ist es gut?", wollte Aron wissen. Er lehnte sich mit einem Arm auf den Tresen. Mathilda spürte die Kälte von draußen, die an ihm haftete, aber auch die Wärme, die er ausstrahlte.

„Mir hat es gefallen", sagte sie. „Es ist anders als Wells."

Aron nickte. „Glaubst du, ich schaffe es über Nacht?" Er forderte sie mit einem schelmischen Blick heraus.

„Ich weiß nicht, wie schnell du liest", antwortete Mathilda. Sie lachte und da merkte er zum ersten Mal, dass dieses Lachen ein Lachen war, dass er festhalten wollte. Dass er in ein Glas mit Deckel packen wollte, um es immer wieder zu hören, wenn ihm danach war.

Mathilda bemerkte seine Reaktion auf ihr Lachen, dass er sie mit einer Mischung aus Faszination und Überraschung ansah. Sie schaute schnell zur Seite. „Ich habe dich hier in diesem Buchladen noch nie gesehen", sagte sie.

„Ja, das stimmt. Ich bestelle mir meistens die Romane im Internet. Schuldig im Sinne der Anklage." Er hob entschuldigend die Arme. „Ich habe gesehen, dass du einen Block mit dem Logo dieses Buchladens hattest und wollte ihn mir mal angucken."

„Überraschung, ich arbeite hier", sagte Mathilda schmunzelnd.

„Ja, das ist cool. Ich mag es eigentlich in Buchläden. Mein Vater ist mit mir früher häufig in Buchhandlungen gegangen", erzählte er ihr.

„Meine Mutter arbeitet bei einem Verlag. Wenn wir früher Städtetrips gemacht haben, dann eigentlich nur, um uns die verschiedensten Buchhandlungen anzuschauen." Mathilda mochte das Gespräch mit ihm.

„Gibt es noch schönere als diese hier?", fragte Aron. Er wandte für einen Moment den Blick von ihr ab, um sich die alten Holzregale anzusehen, die hier standen. An der Decke hing ein großer, alter Kronleuchter, der warmes Licht spendete.

„In Griechenland auf einer Insel war eine winzige Buchhandlung. Sie lag an einem Berg und man musste über Treppen in eine Art Höhle gehen. Da hat es mir gefallen", sagte sie.

Aron nickte und versuchte sich eine solche Buchhandlung vorzustellen..

„Soll ich das Buch abkassieren?", fragte Mathilda und deutete auf den Roman, der noch immer zwischen ihnen auf dem Tresen lag.

„Achso, ja. Klar." Aron holte sein Portmonee aus der Jackentasche und legte zwei Geldscheine auf den Tresen. „Dann sehen wir uns morgen in der Uni?", fragte er, als Mathilda ihm den Kassenbon reichte.

Sie nickte und lächelte ihn an. Ihr gefiel, wie er sie ansah. Wie er seinen Mund bewegte. Als er das Buch in die Hand nahm und auf dem Absatz kehrtmachte, ärgerte sie sich, dass sie das Gespräch nicht länger aufrechterhalten hatte.

Aron drehte sich noch einmal um, bevor er die Tür öffnete. Er fühlte sich anders als vorhin, als er auf dem Weg hierhin war. Er fühlte sich beschwipst, wie wenn der dritte Schluck Wein sich bemerkbar macht. Auf eine warme, gesunde Art und Weise. Man ist dazu geneigt, noch mehr zu trinken. Den vierten, fünften Schluck, das zweite, dritte Glas.

Am nächsten Tag saß er neben ihr im Seminar und hörte dem Professor zu. Dieses Mal ging es um das Thema Freundschaft, um Lebensweisen, um Charaktereigenschaften. Es fiel im schwer zuzuhören, nicht, weil es nicht interessant war, sondern weil Mathilda neben ihm saß. Ihre bloße Anwesenheit machte ihn nervös. Er wollte sie ständig ansehen, er wollte mit ihr reden, aber sie auch nicht von dem Kurs ablenken.

Mathilda bemerkte, dass er unruhig war, ihr ging es nicht anders. Sie war aufgeregt, wollte, dass er das Buch aufschlug und Sätze markierte, um mit ihr auf diese Weise zu kommunizieren. Aber Aron wippte die ganze Zeit mit dem Bein und schien nicht auf die Idee zu kommen.

In der folgenden Woche nahm sie es in die Hand. Sie schlug ihren Roman auf, unterstrich ein paar Worte mit dem pastellfarbenen Textmarker und schob ihr Buch Aron zu. Im ersten Moment wirkte er überrascht, dann lachte er leise, als er bemerkte, was sie vorhatte. Anstatt aber ebenfalls das

Buch aufzuschlagen und Sätze zu markieren, beugte er sich zu ihr. „Gehst du mal mit mir einen Kaffee trinken?"

Kapitel 5

Mathilda sitzt neben Aron auf der Stufe. Sie trinken ihr Bier, ohne miteinander zu sprechen. Es ist lange her, dass er ihr so nah war. Wie sie neben ihm sitzt, riecht sie ihn, seinen vertrauten Geruch. Es bereitet ihr ein seltsames Gefühl im Bauch. Es ist fast schon zu vertraut. Irgendwann merkt sie, dass sie ihn vermisst hat. Vermisst. Diesen Geruch. Diesen Menschen, der da neben ihr sitzt.

„Wie geht's deinem Vater?", fragt sie ihn. Die Frage kommt so unvorbereitet, dass Aron zusammenzuckt.

„Gut, glaube ich. Ich habe lange nicht mehr mit ihm gesprochen. Er ist auf Mallorca. Mit einem Mädel, das wahrscheinlich so alt ist wie du." Er versucht zu lächeln, aber es gelingt ihm nicht. Er trägt eine Maske. Er ist verletzt und das würde Mathilda unter abertausenden von Gefühlen erkennen.

„Arbeitest du noch bei Tonis Eltern?", fragt sie ihn weiter. Sie will nicht bohren, sie weiß, dass das ein schwieriges Thema ist, aber hier zu sitzen und nichts zu sagen, findet sie unerträglich. Außerdem will sie es wissen.

Aron nickt.

Toni ist Arons bester Freund. Seine Eltern haben einen Cateringservice. Aron hat etwas anderes gelernt, er hat studiert, ist super intelligent, aber jetzt fährt er Essen zu Veranstaltungen.

Lange sagen sie nichts. Sie beten beide, dass der Schlüsseldienst kommt und die Tür aufschließt, dass Mathilda dann ihr Kleid holen kann und Aron die Tür hinter ihr wieder schließen kann.

„Ich habe letztens Kamu Rec auf einer Veranstaltung gesehen. Er hat sich ein Lachshäppchen genommen, vor meinen Augen", sagt Aron. Er will Mathilda zum Lachen bringen, aber eigentlich wollte er ihr das schon vor Wochen erzählen. Mathilda und ihre Freundinnen lieben Kamu Rec, einen noch unbekannten Rapper aus Mitte. Mathildas Freundin Marie ist mal mit seinem kleinen Bruder ausgegangen.

„Wirklich? Hast du mir kein Autogramm besorgt?", fragt Mathilda und spielt vor, entrüstet zu sein.

„Ich habe mir ein Autogramm auf meinen Arm geben lassen. Das ist mittlerweile aber schon wieder weg." Aron hebt seinen Ärmel. Er zieht sie auf.

Mathilda fragt sich, ob er das Thema absichtlich von seinem Vater ablenkt, indem er ihm von diesem Rapper erzählt. Er weiß, dass sie überlegt hat, was Arons Vater zu dem Job bei Tonis Eltern sagen würde. Arons Vater hatte andere Pläne für seinen Sohn. Er, der Immobilienoligarch, dem Mallorca gehört. Die angesagten Ferienhäuser bekommt man über ihn. Villen in Cala Ratjada, Penthouse-Wohnungen in Palma, Lofts in Cala D'Or. Er hat sich ein Imperium aufgebaut und Aron seit der Kindheit eingetrichtert, dass er es einst übernehmen sollte. Aber Aron interessierte sich für Literatur, für Philosophie. Er verfasste gelegentlich kleinere Texte, auch schon zu Schulzeiten. Wenn Arons Vater diese Texte fand, nahm sein Gesicht einen spöttischen Zug an. Er sagte seinem Sohn, dass er damit kein Geld verdienen würde. Er strebte für ihn einen Lebensstil an wie den, den er führte.

Vor knapp einem Jahr hatte Aron die Chance, an der Uni zu bleiben. Ein Professor hatte ihn für die Besprechung seiner Masterthesis zu sich bestellt, dann hatte er ihm gesagt, ihm gefiele sein Schreibstil und ihm angeboten, als wissenschaftlicher Mitarbeiter in seiner Fachschaft einzusteigen. Aron hätte Karriere an der Universität machen können. Dass er sich dagegen entschieden hatte, hatte Mathilda nicht verstanden. Er verschenkte sein Potenzial, das war einer der Streitpunkte zwischen ihnen. Mathilda fragte sich, ob es denn nicht üblich war, dass man sich das Beste für seinen Partner wünschte. Und sie glaubte, dass es nicht das Beste war, wenn er – weil es sein Vater so wollte – nicht in einem geisteswissenschaftlichen Beruf arbeitete. Jetzt glaubte er daran, dass Toni eines Tages den Betrieb seiner Eltern übernehmen würde und sie zusammen das große Geschäft machten.

„Kommt Chris morgen zur Taufe?", fragt Aron.

Mathilda lacht. „Paula hat ihn momentan wieder abgesägt. Du kennst das doch."

Chris war die On-Off-Beziehung von Mathildas Schwester. Aron und Mathildas Bruder Jonas hatten früher Wetten darüber abgeschlossen, ob Chris zum nächsten Geburtstag oder zur nächsten Weihnachtsfeier kommen würde. Aron hatte immer darauf gewettet, dass er kam, aber zog man am Ende nun Bilanz, gäbe es ein Unentschieden. Meistens war es bei den Wetten um eine Flasche Bier gegangen, einen Becher Glühwein – es kam auf die Jahreszeit an. Generell hatten sich Jonas und Aron immer gut verstanden, sie waren über die Jahre Freunde geworden. Dass er morgen die Taufe seines jüngsten Sohnes verpasste, schmerzte Aron auf eine Art, die er noch nicht kannte. Er fühlte sich verstoßen und wusste, dass es ein Gefühl war, dass er nicht empfinden sollte.

„Ich glaube, Paula ist in einen ihrer Kollegen von der Arbeit verschossen. Aber immer, wenn ich sie darauf anspreche, winkt sie ab", fügt Mathilda hinzu.

Aron nickt. Er betrachtet Mathilda von der Seite und er überlegt, ob es irgendwo auf der Welt ein Gesicht gibt, dass ihm eines Tages vertrauter sein würde als ihres. Und ein Teil seines Herzens hofft, gleich der Tatsache, dass es mit ihnen zu Ende war, dass dieser Fall nie eintreten würde.

„Wie läuft es bei dir im Verlag?", fragt er sie, in erster Linie, um sich von seinen eigenen Gedanken abzulenken.

„Ganz gut. Es liegen ein Haufen Manuskripte auf meinem Schreibtisch. Letzte Woche habe ich mich mit einer Autorin aus Potsdam getroffen, sie schreibt unglaublich. Ich glaube, aus ihr können wir etwas machen", antwortet sie.

„Welches Genre?", fragt Aron.

„Zeitgenössische Belletristik. Sie erinnert mich ein bisschen an Paolo Cognetti, weißt du noch, dass wir seinen Roman in der Uni besprochen haben?" Mathilda sieht ihn von der Seite an. Ein Lächeln umspielt ihre Lippen. Sie sieht Aron noch immer gerne an; er ist ein hübscher Mann, mit einem besonderen Gesicht. Am meisten mochte sie seine Augen und seinen Mund. Seine Locken und seine Grübchen. Sie mochte, wie er sie ansah. Sie mag es noch immer.

„Wie könnte ich das vergessen", sagt er. „Du hast mein Buch vollgekritzelt."

Mathilda lacht und boxt ihm gegen die Schulter. „Das war Wells. Und nicht *ich* habe dein Buch vollgekritzelt. Du meins."

Aron grinst. „Dir hat das Spaß gemacht. Das weiß ich genau."

„Hat es auch", gibt Mathilda mit einem Lächeln zu.

Einen Augenblick ist es still.

„Aus dir könnte auch ein Schriftsteller werden, das weißt du", sagt sie und dieses Mal ist sie darauf bedacht, ihn nicht anzusehen.

Aron schüttelt belustigt den Kopf. „Nein, ich bin nicht gut genug."

„Du bist gut genug. Du bist sogar besser als die meisten Autoren, die mir Manuskripte schicken. Du sitzt an der Quelle, Aron." Sie stupst ihn mit dem Arm an.

Aron reibt seine Hände aneinander und schaut über den Flur vor der Wohnung.

„Du hast immer Angst davor, dich für das Richtige zu entscheiden", sagt Mathilda.

An diesem Punkt könnte die Stimmung kippen, aber Mathilda wagt es, das auszusprechen. Aron sieht sie an. Er lächelt immer noch. Es kommt jetzt auf das an, was er sagt.

„Ich kenne keinen Menschen, der so schlau ist wie du", ist seine Antwort und Mathilda runzelt die Stirn, weil sie nicht genau einschätzen kann wie er das meint.

„Schick mir mal was von dir", sagt sie zu ihm.

„Mach ich vielleicht", sagt er. Dann schaut er auf sein Handy. Wie lange kann es noch dauern bis der Schlüsseldienst da ist?

Mathilda weiß, dass er das nicht tun wird und errät zusätzlich seine Gedanken: „Du hoffst, dass der Schlüsseldienst dich rettet."

„Ehrlich gesagt schon, ja." Er lacht sie an.

Aus irgendeinem Grund schmerzt Mathilda das. Es klingt, als würde er nicht länger mit ihr hier sitzen wollen. Sie sind kein Paar mehr, aber empfindet er es als eine solche Zumutung, jetzt hier bei ihr zu sein. Sie überlegt, was er wohl machen würde, wenn sie heute nicht gekommen wäre.

Kapitel 6

Sie verabredeten sich an einem Freitagnachmittag, um gemeinsam einen Kaffee zu trinken. Weder Mathilda noch Aron tranken regelmäßig Kaffee, sie mochten ihn, wenn man es genau nimmt, nicht einmal, aber sie bestellten sich zwei Coffee To Go an einem Kaffeewagen in der Stadt und liefen in Richtung Lustgarten. Vor dem Berliner Dom setzten sie sich auf die Wiese. Aron breitete seine Jeansjacke aus, damit Mathilda nicht auf dem Rasen sitzen musste. Er war aufmerksam, achtete auf sie. Das kannte Mathilda noch nicht.

„Bist du in Berlin geboren?", fragte Aron sie.

„Ja, aber ich wohne erst seit Kurzem in der Stadt. Wir haben außerhalb gewohnt, in der Nähe vom Flughafen Tegel. Meine Eltern haben sich getrennt, meine Mutter ist mit mir nach Kreuzberg gezogen", erzählte sie ihm. Das war der Stand damals, mittlerweile war Mathildas Mutter zurück zu ihrem Vater gezogen.

„Hast du Geschwister?"

Sie erzählte ihm von Paula und Jonas. Sie erzählte ihm auch, dass Jonas schon einen Sohn hatte. „Was ist mit dir?", fragte sie.

„Ich bin bei meinem Vater in Zehlendorf aufgewachsen, vielleicht habe ich irgendwo Halbgeschwister. Meine Mutter ist weg, als ich sechs war. Sie lebt in Singapur", war Arons Antwort.

„Hast du keinen Kontakt mehr zu ihr?", fragte Mathilda.

„Eher nicht."

Sie sah, dass er versuchte zu verbergen, wie sehr ihn das quälte. Hätte sie nicht ganz genau hingesehen, wäre es ihr wahrscheinlich nicht einmal aufgefallen.

„Warum eigentlich Literatur und Philosophie?" Sie legte den Kopf schief, als sie das fragte. Ihre langen braunen Haare fielen ihr über die Schulter und ins Gesicht. Die Sonne blendete sie, sie hielt sich die Hand über die Augen, um ihn besser sehen zu können.

„Ich habe immer schon gerne gelesen", sagte Aron unverbindlich. „Was ist mit dir?"

Mathilda erzählte ihm, dass ihre Mutter in einem Verlag arbeitete und dass sie eines Tages auch gerne in dieser Branche arbeiten würde. Ihr Traum war es, einen eigenen

Verlag zu gründen, der Autoren die Chance gab, die Geschichten abseits des Mainstream schrieben.

Eine Zeit lang sprachen sie darüber, wonach die Verlage ihre Autoren auswählten. Aron überlegte die ganze Zeit, ob er ihr erzählen sollte, dass er auch gelegentlich schrieb. Kurzgeschichten. Aber am Ende ließ er es sein.

„Was willst du mit deinen Fächern machen?", fragte sie ihn.

„Ich könnte mir vorstellen, an der Uni zu bleiben", sagte er damals bei ihrem ersten richtigen Treffen. Wenn Mathilda heute daran zurückdenkt, fühlt sie sich, als hätte ihr jemand in die Magengrube geschlagen. Sie war wütend darauf, dass er diesen Weg nicht gegangen war. Heute ist sie nicht mehr wütend. Eher betäubt.

„Nach der Uni möchte ich erst mal reisen gehen. Mein bester Freund ist im Moment andauernd in der Welt unterwegs. Wir wollen zusammen losziehen, wenn ich fertig bin", sagte Aron und Mathilda sah dabei ein Funkeln in seinen Augen.

„Ihr wollt verreisen? Wohin?"

„Egal, Amerika, Asien, Europa, eigentlich interessiert uns jeder Kontinent. Aber Toni ist gerade in Australien, ich denke, er will erst einmal etwas anderes sehen, wenn er zurückkommt." Er erzählte ihr, dass Toni irgendwann in die Cateringfirma seiner Eltern einsteigen würde, dass seine Zukunft sozusagen abgesichert war. Auf Mathilda wirkte es, als würde Aron seinen Freund darum beneiden.

„Ich war für ein Jahr in Amerika. Während der Schulzeit", sagte Mathilda.

„Du warst an einer High School?", fragte er interessiert und beugte sich nach vorne, um sie besser sehen zu können. Die Sonne fiel in ihre grün-blauen Augen und er musste sich zwingen, sich nicht in ihnen zu verlieren.

„Ja, und es ist genauso wie man es aus den Filmen kennt", sagte sie.

„Cheerleader und Footballteams?" Aron lachte.

„Genau das." Mathilda grinste ihn an, dann sah sie auf das Gras vor ihren Füßen.

„Interessierst du dich für Musik?", fragte er sie.

„Ja, ich habe früher Klavierunterricht gehabt. Und du?" Sie legte den Kopf schief.

„Ich auch. Ich glaube, da müssen einige Kinder durch, oder?" Er schmunzelte. „Im Nachhinein fand ich es wirklich cool. Damals habe ich es gehasst, immer üben zu müssen."

„Kannst du es denn noch?" Mathilda trank einen Schluck von ihrem Kaffee. Er war mittlerweile fast kalt, aber so schmeckte er ihr eigentlich besser.

„*Die fabelhafte Welt der Amelie* hab ich noch drauf. Das war es dann aber auch." Er fuhr sich mit der Hand durch die Haare. Mathilda fragte sich, wie sich seine Haare anfühlten.

„Das hast du noch drauf, weil es bei den Mädels gut ankommt", zog sie ihn auf.

Aron lachte.

„Ich versuche mir manchmal selbst Stücke beizubringen. Mit Youtube." Sie hob die Augenbrauen, als wäre das besonders herausfordernd.

„Du gehst mit der Zeit. Das finde ich gut." Er grinste sie an.

Er schüttelte seinen Becher. „Wollen wir noch woanders hin? An der Marienkirche ist ein Rummel. Hast du Lust auf eine Runde Dosenschießen und Zuckerwatte?"

Mathilda war über seinen Vorschlag überrascht, aber sie standen auf und schlenderten am Berliner Dom vorbei zur Kreuzung Spandauer Straße und Karl-Liebknecht-Straße. Sie sprachen über ihr Seminar, das sie gemeinsam besuchten, über den Professor, der das Seminar hielt und seinen wissenschaftlichen Mitarbeiter, über den sich Aron lustig machte. Als sie den Rummel erreichten, kaufte Aron ihnen eine Zuckerwatte. Dann stellten sie sich beim Dosenwerfen an. Mathilda traf bei drei Versuchen zwei Dosen, Aron schaffte bei seinem dritten Versuch alle neun. Sie jubelten gemeinsam, gingen an den anderen Ständen vorbei. Als es schon lange dunkel war, brachte Aron sie zur Bahn.

„Es hat mir sehr gefallen", sagte er.

„Mir auch."

Sie standen einen Moment voreinander. Dann entschied sich Aron dafür, sie in den Arm zu nehmen. Mathilda gefiel es, ihm nah zu sein, zwischen seinen Armen und berührte mit ihrem Kopf seine Schulter. Er war größer als sie, sein Kinn berührte ihre Haare. Sie spürte, dass sich ihr Körper anspannte, als er ihr so nah war und auch als er sie losgelassen hatte, konnte sie sich nicht direkt entspannen. Sie hatte zum ersten Mal seinen Geruch wahrgenommen, seine Wärme gespürt und sie hatte in diesem Moment geahnt, dass etwas zwischen ihnen entstehen würde. Gleichzeitig hinterließ dieser Gedanke ein wohliges Gefühl, andererseits machte ihr das Angst.

Als er ihr zuwinkte und ihren Bahnsteig entlang zur Rolltreppe lief, sah sie ihm nach. Sie überlegte, ob er sich noch einmal mit ihr treffen würde oder ob er sie in Zukunft auf Abstand halten würde. Sie überlegte, ob er sich wieder neben sie setzen würde, wenn sie gemeinsam in ihrem Seminar saßen. Sie hoffte inständig, dass er den Kontakt zu ihr aufrechterhalten würde.

Als sie in die Bahn stieg, merkte sie, dass sie grinste. Auf eine verquere Art, die sie von sich selbst nicht kannte. Und auf die gleiche verquere Art wünschte sie sich in seine Arme zurück.

Kapitel 7

Aron steht auf und geht hinüber zur Tür. Jetzt sieht er zu Mathilda und rüttelt wieder am Türknauf. „Kaum zu glauben, aber sie ist immer noch zu."

Mathilda grinst. „Bist du sicher, dass du den Schlüsseldienst gerufen hast?", neckt sie ihn.

Er verdreht lachend die Augen. „Mein Bier ist leer, Mathilda", sagt er.

„Die nächste Runde geht auf dich", sagt sie.

„Möchtest du noch eins?", fragt er sie und seine Augen werden ernst.

Mathilda zuckt mit den Achseln. „Warum nicht, wenn wir eh hier warten."

„Gut, dann geh ich dieses Mal." Er nimmt ihr die leere Flasche aus der Hand, überprüft, ob er sein Portmonee noch in der Hosentasche hat, zwinkert ihr zu und macht sich daran, die Treppen hinunterzusteigen.

Als er außer Sichtweite ist, stellt Mathilda ihre Beine auf die Stufe unter ihr und legt den Kopf ab.

Aron springt die Treppen hinunter, reißt die Haustür auf. Die Eiseskälte trifft ihn wie einen Schlag. Es hat geregnet, für Schnee ist es wieder zu warm. Ein Auto fährt vorbei und er hört, dass der Asphalt nass ist. Er geht die Straße entlang und nach kurzer Zeit ist er bei Yoshi. Als er die Tür öffnet, klingelt es über ihm. Yoshi steht hinter dem Tresen und sortiert Magazine in einen Zeitungsständer. Als er Aron sieht, lacht er und legt das Heft, das er gerade in der Hand hält, zur Seite.

„Aron, mein Freund." Er gibt Aron die Hand, als er den Tresen erreicht.

Aron stellt die zwei leeren Flaschen in den Kasten unterhalb des Tresens. „Yoshi, alles in Ordnung?"

„Ja, deine Freundin war gerade schon hier. Ihr habt euch verpasst." Yoshi hebt amüsiert die Augenbrauen.

Sie ist nicht meine Freundin, denkt Aron. Aber er sagt es nicht. Es ist etwas anderes, es zu wissen und es auszusprechen. Er ist sich sicher, dass er letzteres nicht schafft.

„Ich habe sie eben noch gesehen", sagt Aron stattdessen und lächelt ihn an.

Er war oft mit Mathilda zusammen hier. Sie haben sich vor einem gemeinsamen Filmabend Chips und Bier gekauft oder zum gemeinsamen Abendessen eine Flasche Wein. Gemeinsame Abende hat es in der letzten Phase ihrer Beziehung selten gegeben. Vielleicht war das sogar der Grund für ihr Scheitern.

„Wie geht es deinem Sohn?", fragt Aron, um das Thema von Mathilda wegzulenken. Mathilda hatte Yoshis Sohn vorhin noch im Kiosk gesehen, aber jetzt schien er nicht da mehr dazu sein.

„Alles gut, Schule ist schwer, aber er schlägt sich gut." Yoshi nickt mehrmals. Letzten Sommer hat Aron Yoshis Sohn ein paar Mal Nachhilfe gegeben. Der Kleine hat es nicht leicht. Seine Mutter spricht kein Wort Deutsch.

Aron geht hinüber zum Kühlschrank, nimmt vier Bierflaschen heraus und stellt sie auf den Tresen. „Rundest du auf?"

„Du bist ein guter Mann", sagt Yoshi.

Aron bezahlt, nimmt die vier Bierflaschen unter den Arm und zwinkert Yoshi zu. „Schöne Grüße an den Sohnemann."

Auf dem Rückweg hat Aron das Gefühl, dass ihn eine unsichtbare Kraft an den Schultern nach hinten zieht, als solle er nicht zurück ins Treppenhaus, zurück zu Mathilda. Plötzlich fürchtet er sich davor, dass er ankommt und der Schlüsseldienst da ist. Sicher ist das Schloss in ein paar Minuten gewechselt. Dafür brauchen sie in der Regel nicht lange. Er erinnert sich, dass seinem Vater im Sommer vor zwei Jahren die Tasche gestohlen wurde und daraufhin alle

Schlösser der Villa ausgetauscht werden mussten. Der Schlüsseldienst hatte zwar eine Ewigkeit gebraucht, um überhaupt zu kommen, aber die Schlösser waren innerhalb kürzester Zeit ausgetauscht.

Gleich würde er Mathilda auf dieser Treppenstufe sitzen sehen, mit ihrer neuen Frisur, mit diesen blonden Haaren. Es ist jedes Mal seltsam, wenn er sie ansieht und ihre Haare nicht braun sind. Es ist, als würde ein anderer Mensch vor ihr sitzen. Wenn er aber die Mathilda, die sie heute ist, mit der Mathilda vergleicht, die er vor etwas mehr als fünf Jahren kennengelernt hat, dann erkennt er, dass sie tatsächlich ein anderer Mensch geworden ist. Demnach ist es passend, dass sie ihre Haare jetzt kürzer trägt und in einer anderen Farbe. Kurz nach ihrer Trennung hat sie sich dazu entschieden, er hat das Foto auf Instagram gesehen, das sie während ihres Friseurbesuchs gemacht hat. Marie war unter dem Bild verlinkt gewesen. Es hätte ihn gewundert, wenn sie sie nicht dazu begleitet hätte.

Er hatte Marie ein paar Tage nach ihrer Trennung zufällig getroffen, in einem Café in Friedrichshain. Aron hatte sich mit Toni und Tonis Freundin Luna dort getroffen. Marie hatte ihn gesehen, war zu ihm gekommen und hatte ihn umarmt. Sie hatte ehrlich betroffen ausgesehen und Aron hatte einen Kloß im Hals gehabt, der es schwer gemacht hatte zu schlucken.

Er fragt sich, wie lange er noch in Zukunft auf Mathilda angesprochen werden würde. Er fragt sich, wie lange es dauern würde, bis sich herumgesprochen hätte, dass sie nicht mehr zusammen waren. Vor Mathilda hatte er schon eine Beziehung gehabt. Aber Marta, mit der er drei Jahre zusammen war, war damals zurück nach Spanien gezogen. Ohne ihn. Damit war für alle Welt klar gewesen, dass sie sich getrennt hatten.

Er stößt die Haustüre auf und während er darauf wartet, dass sie hinter ihm zugeht, lauscht er auf Geräusche aus dem zweiten Stock. Als er nichts hört, ist er sicher, dass der Schlüsseldienst noch nicht da ist.

Mathilda sieht ihn an, als er bei ihr ankommt. Sie nimmt ihm zwei Flaschen Bier ab und lacht. „Du bist aber pessimistisch", sagt sie.

„Hm?" Er setzt sich neben sie.

„Wir warten schon eine Dreiviertelstunde. Glaubst du, die lassen uns die ganze Nacht hier sitzen?" Sie beobachtet, wie Aron die Flaschen aneinander öffnet.

„Wir leben in Berlin", erinnert er sie.

„Stimmt, das habe ich vergessen", neckt sie ihn.

„Schöne Grüße von Yoshi", sagt Aron, obwohl Yoshi keine Grüße für Mathilda ausgerichtet hat. Aber Yoshi ist für Aron jemand, der sie noch immer verbindet. Genau wie die verschlossene Wohnung, vor der sie sitzen. Er ist sich sicher, dass Mathilda bald den Rest ihrer Sachen holen wird und dann endgültig die Schwelle überschreitet, die vor einer Weile zwischen ihnen entstanden ist. Er weiß nicht, worauf sie wartet. Vielleicht spricht sie das Thema sogar gleich noch an. Er hofft, dass vorher der Schlüsseldienst kommt.

„Er ist süß", sagt Mathilda und grinst.

„Oh, du stehst auf fünfzigjährige Vietnamesen. Gut zu wissen." Aron grinst sie an.

Mathilda lacht und verdreht dabei die Augen. „Wusstest du das noch nicht?"

Aron schaut an sich herunter. „Nein, das war mir nicht bewusst."

Mathilda legt den Kopf schief. Es kommt ihm vor, als läge ihr etwas auf der Zunge, aber sie spricht es nicht aus. Für einen Moment schießt ihm der Gedanke durch den Kopf, ob Mathilda sich schon mit anderen trifft und dieser Gedanke bereitet ihm Übelkeit. Er würde es nicht ertragen. Er ist sich sicher, er würde sterben, wenn er das erführe. Mathilda mit einem anderen – es kann nichts auf der Welt existieren oder geschehen, was ihn mehr aus der Bahn werfen würde.

„Alles okay?", fragt Mathilda ihn, die seine Regung bemerkt hatte.

Er schreckt auf, als sie ihn anspricht. „Ja klar." Er hebt seine Flasche, um mit ihr anzustoßen.

Sie berührt mit ihrer Flasche seine und beobachtet ihn noch einen Augenblick. Sie versucht die Gedanken zu erraten, die ihn gerade so aus dem Konzept gebracht haben.

Aron schaut auf sein Handy. „Laut Google haben wir für diese beiden Flaschen" – er deutet auf die beiden Flaschen, die sie noch nicht geöffnet haben – „und die, die wir in der Hand haben, noch siebzehn Minuten. Schaffen wir das?"

Mathilda sieht ihn herausfordernd an. „Du kennst mich, Aron." Und um ihre Worte zu unterstreichen, setzt sie die Flasche an.

Kapitel 8

Aron und Mathilda saßen in dem Seminar, das sie zusammen besuchten, auch nach ihrem Treffen jede Woche nebeneinander. Als sich das Semester dem Ende näherte und ihre Essays mit großen Schritten auf die Abgabefrist zuliefen, trafen sie sich ein paar Mal in der Bibliothek der Universität.

Aron hatte sich entschieden über Wells seine Ausarbeitung zu schreiben, Mathilda hatte schon über den dritten Roman, den sie im Seminar gelesen hatten, recherchiert. *Der Fall Collini*. Ferdinand von Schirach. Aron hatte bereits herausgefunden, dass sie Ferdinand von Schirach als Autoren verehrte. Sie halfen sich gegenseitig, diskutierten Motive und Figurenkonstellationen. Aron stellte Mathilda ein Konzept vor, wie er den Roman von Wells verfilmen würde, dann sprachen sie eine Weile darüber, ob

Verfilmungen Romane zerstörten oder einen Mehrwert lieferten. Aron argumentierte mit Harry Potter, er liebte sowohl die Romane als auch die Filme, Mathilda war gegen die Verfilmung von Büchern. Sie wollte keine Schauspieler vor die Nase gesetzt bekommen, die ihre Illusionen von den Charakteren zerstörten.

Am letzten Freitag vor der Abgabe blieben sie lange in der Bibliothek, Mathilda war so weit gekommen, dass sie ihre Ausarbeitung schon drucken ließ. Aron schlug vor, gemeinsam essen zu gehen. Sie gingen in einen Burgerladen am Ende der Oranienburger Straße.

„Du wählst für mich", sagte Aron, als sie an einem Tisch Platz genommen hatten.

„Ich? Aber ich weiß doch gar nicht, was du gerne isst", sagte Mathilda.

„Dann bin ich gespannt, wie du mich einschätzt." Er grinste breit.

Als der Kellner kam, bestellte Mathilda zwei Cheeseburger und zwei Erdbeermilchshakes. Währenddessen grinste Aron sie pausenlos an.

„Ich bin allergisch gegen Erdbeeren", sagte er, als der Kellner ihren Tisch verlassen hatte und bemühte sich um ein ernstes Gesicht.

„Ist nicht dein Ernst", sagte Mathilda.

„Kennst du irgendjemanden, der gegen Erdbeeren allergisch ist?", fragte Aron sie.

„Eigentlich nicht." Mathilda wirkte einerseits belustigt, andererseits irritiert.

„Ich behaupte ja, dass es Erdbeerallergie nicht gibt." Aron sah sie herausfordernd an.

„Das glaube ich allerdings nicht." Mathilda lachte.

Er liebte es, wenn sie lachte. Er liebte, wie ihre Augen ein Glänzen bekamen. Welches Geräusch sie dabei machte. Es klang wie ein Gluckern, nur tausend mal schöner. Immer, wenn er sie lachen sah, dachte er, dass er alles dafür geben würde, dieses Lachen in jedem Augenblick zu hören.

Mathilda sah ihn erwartungsvoll an. Er gab sich häufig cooler als er war. Etwas lag in seinem Blick, was seine verletzliche Seite offenbarte. Sie wusste nicht, ob es da unbedingt einen Zusammenhang zu seiner Mutter gab, die nicht mehr in Berlin, sondern am anderen Ende der Welt lebte. Manchmal aber erwischte sie ihn dabei, wie seine Augen einen milchigen Schein bekamen, wie wenn man zu viel über etwas nachdenkt, was einem schwer auf dem Herzen liegt.

Sie unterhielten sich über Arons Essay, das noch nicht fertig war. Sie bot an, sein Essay noch einmal gegenzulesen, bevor er es zuhause drucken würde.

Die Milchshakes kamen gleichzeitig mit den Burgern. Aron hob die Augenbrauen und beobachtete, wie Mathilda ihr Besteck in die Hand nahm und sich eine Pommes in den Mund steckte.

„Was ist?", fragte sie ihn, weil er nicht anfing zu essen, sondern seine Arme auf den Tisch stützte und sie ansah.

Er schüttelte den Kopf und lächelte dabei.

„Was ist, Aron?", fragte sie wieder. „Willst du mir nur zugucken?"

Aron lachte, schüttelte wieder den Kopf und fuhr sich mit der Hand über das Gesicht. „Ich glaube, ich bin grad zu aufgeregt, um was runterzubekommen."

Mathilda runzelte die Stirn. Sie konnte nicht einschätzen, ob er das ernst meinte.

Aron nahm zögerlich sein Besteck und schnitt ein Stück von seinem Burger ab. Er betrachtete es einen Augenblick, dann nahm er es in den Mund.

Sie aßen, ohne miteinander zu sprechen. Gelegentlich grinsten sie sich an. Das, was Aron gesagt hatte, verunsicherte sie beide.

„Machst du heute Abend noch irgendwas?", fragte Mathilda, als sie fast fertig waren.

„Toni wollte heute noch vorbeikommen. Er will einen Fotoabend machen und mir die Bilder von seinen Reisen zeigen", antwortete Aron. Er hatte seinen Burger aufgegessen, aber die Pommes kaum angerührt. „Und du?"

Sie zuckte mit den Achseln. „Ich hab nicht gedacht, dass ich so früh mit dem Essay fertig werden würde."

„Du hattest professionelle Hilfe", sagte Aron mit gespielter Überheblichkeit und klopfte sich auf die Brust. „Ich denke, meinen Essay schreibe ich morgen fertig."

Aron bezahlte die Burger und die Milchshakes und brachte Mathilda zur nächsten U-Bahn-Station. Sie fragte sich, ob er sie wieder in den Arm nehmen würde. Sie spürte ein Kribbeln im Bauch; sie hatte wieder diese Angst, ihm nah zu sein und gleichzeitig wünschte sie es sich.

Sie stiegen die Treppen zum Bahnsteig hinunter. Es roch nach Bier und ein warmer Wind pfiff ihnen um die Ohren. Schließlich blieb Mathilda stehen. Aron steckte seine Hände in die Jackentaschen und sah sie an. Er sah aus, als würde er ein Lächeln unterdrücken.

„Treffen wir uns auch noch, wenn das Seminar vorbei ist?", fragte er sie und schaffte es nicht, sie anzusehen.

„Willst du das denn?", fragte Mathilda zurück. Sie fand ihre Frage dämlich, weil er wahrscheinlich nicht gefragt hätte, wenn es anders gewesen wäre.

„Warum nicht? Wir sind doch ein gutes Team", sagte Aron und er wusste, dass er mit dieser Aussage alle Optionen offenhielt.

Mathilda blickte hinunter auf ihre Schuhe. Sie trug Timberlands, er trug Vans. Er hatte den ganzen Winter über Vans getragen. Sie hatte ihn mehrmals damit aufgezogen. Wenn sie zurückdachte, fiel ihr auf, dass sie sich schon seit etwas mehr als fünf Monate kannten.

„Das Seminar ist ja fast vorbei", sagte sie und war sich selbst nicht sicher, was sie damit sagen wollte.

Aron schmunzelte. Er sah hoch zu der Anzeigetafel. Die nächste U-Bahn würde in Kürze einfahren. Er sah wieder zu ihr, sah, wie sie sich zwang, ihn nicht anzusehen, weil ihr das aus irgendeinem Grund unangenehm war. Er stupste sie mit der Hand an, die noch in seiner Jackentasche steckte.

„Ich mag dich", sagte er.

Mathilda biss sich auf die Unterlippe. „Wir können uns gerne weiter treffen", sagte sie und versuchte, ihr Lächeln nicht allzu breit werden zu lassen.

Er nickte und sah ihr dabei in die Augen. „Find ich gut."

Keine Sekunde später fuhr die U-Bahn ein. Ohne groß darüber nachzudenken, beugte sich Aron zu Mathilda hinunter und nahm sie in den Arm. Er genoss das Gefühl, ihr so nah zu sein, sie in seinen Armen zu wissen. Er mochte ihren Geruch. Er berührte mit seinen Lippen ihren Scheitel, drückte sie einmal fest an sich und ließ sie wieder los. Er sah sie an, um zu sehen, ob er mit seiner Umarmung und dem kleinen Kuss auf ihren Kopf zu weit gegangen war. Mathilda wirkte nervös, aber nicht unzufrieden. Trotzdem schaffte sie es nicht, seinem Blick standzuhalten. Sie sah dauernd auf den Boden und hob kurz die Hand, bevor sie in die Bahn stieg. Aron blieb am Bahnsteig stehen und sah ihr nach, er sah, wie sie sich setzte, mit dem Rücken zur Fensterscheibe, aber sich noch einmal umdrehte, um ihm zu winken. Er nickte ihr zu und ahnte, dass sein Grinsen absolut dämlich aussah.

Mathilda lächelte ihn an, als die Bahn losfuhr, dann drehte sie sich von der Scheibe weg. Aron beobachtete, wie die U-Bahn im Untergrund verschwand und konnte einfach nicht aufhören zu grinsen. Und da merkte er es: Er hatte sich in sie verliebt.

Kapitel 9

Als Mathilda die Flasche absetzt, klingelt Arons Handy. Sie beobachtet, wie er auf das Display sieht, die Stirn runzelt und den Anruf entgegennimmt. Aron antwortet in kurzen Sätzen, sieht sie zwischendurch einmal an, dann legt er auf und seufzt.

Mathilda hebt erwartungsvoll die Augenbrauen.

„Der Schlüsseldienst. Unfall in der Nähe der Warschauer Straße. Sie stehen direkt davor. Es kann noch was dauern." Aron sieht sie nicht an, während er das sagt. Er überprüft die Uhrzeit auf seinem Handy und fährt sich mit der Hand über das Gesicht. „Es tut mir wirklich leid, Mathilda. Ich hab's echt nicht extra gemacht."

Mathilda legt den Kopf schief und berührt seinen Arm. „Ist schon okay. Ich bin dir nicht böse."

„Ich bring dir das Kleid heute noch vorbei", sagt Aron und steht auf.

„Ist schon okay", wiederholt sie. „Ich warte hier. Ich sag Paula nur schnell ab."

„Musst du nicht." Aron hält sie davon ab, das Handy ans Ohr zu heben. „Ich bring es dir vorbei. Es ist meine Schuld, dass du umsonst hier hergekommen bist und ich habe euren Abend ruiniert."

„Hör auf, dich dauernd zu entschuldigen", sagt Mathilda grinsend. Sie wählt den Kontakt ihrer Schwester aus und ruft sie an. In ein, zwei Sätzen erklärt sie Paula die Lage, dann legt sie auch schon auf und steckt das Handy ein.

„Und jetzt?", fragt Aron sie.

„Ruf die Jungs vom Schlüsseldienst zurück und sag denen, die sollen anrufen, wenn sie absehen können, wann sie da sind. Wir zwei gehen jetzt runter zum Mexikaner. Mir knurrt der Magen." Ohne Arons Antwort abzuwarten, steht Mathilda auf, trinkt ihr Bier leer, nimmt den Beutel mit der Weinflasche in die Hand, stellt die leere Flasche an die Wohnungstür und geht an ihm vorbei.

„Bist du sicher?", fragt er, bevor sie an der Treppe angekommen ist. Er leert seine Flasche in einem Zug und stellt sie neben Mathildas Flasche.

„Ich bin sicher." Sie geht die Treppe hinunter.

Aron folgt ihr und wählt die letzte Nummer, die ihn angerufen hat.

Unten vor der Haustür überqueren sie die Straße und biegen in die Seitenstraße ein. Das Schild von *Los Sombreros* leuchtet so hell, dass sie es von weitem sehen können. Mathilda hält Aron die Tür auf, er grinst sie an und sie betreten das Restaurant. Ein Kellner steht an der Tür und begrüßt sie.

„Haben Sie einen Tisch für zwei?", fragt Mathilda ihn.

Er führt sie durch das Restaurant und deutet auf einen Tisch an der Wand. Aron und Mathilda setzen sich. Über ihnen ist die Wand mit aztekischen Bildern verziert. Der Kellner reicht ihnen zwei Karten.

„Ich hätte nicht gedacht, dass ich mit dir noch einmal in einem Restaurant sitzen werde", sagt Aron mit einem schelmischen Blick.

„Ich auch nicht." Mathilda wirft ihm einen ähnlichen Blick zu.

„Ich weiß schon, was du isst", sagt Aron. Er öffnet seine Karte gar nicht erst, sondern legt sie an den Rand des Tisches. Sie waren schon etliche Male gemeinsam hier.

„Ach ja?" Mathilda hebt die Augenbrauen.

„Entweder du nimmst überbackene Nachos mit Salsa-Dip und Guacamole oder einen Taco mit Hähnchenfleisch", sagt Aron und hebt herausfordernd die Augenbrauen.

„Vielleicht nehme ich heute mal was ganz anderes." Mathilda hat die Karte aufgeschlagen und liest sich die Auswahl an Speisen durch.

„Was trinken wir denn? Vor der Wohnung stehen noch zwei frische Bierchen", sagt Aron.

Mathilda lacht ihn über die Karte hinweg an.

Als der Kellner kommt, bestellt Aron eine Cola und Mathilda ein Glas Wasser. „Für das Essen komme ich wieder", sagt der Kellner.

Bis dahin liest Mathilda die Speisekarte. Aron vermutet, dass sie einem Gespräch mit ihm aus dem Weg gehen will. Dass sie hier mit ihm sitzt, hat nichts mit ihm zu tun; sie will nur das Kleid, das im Schlafzimmer hängt.

„Was nimmst du denn?", fragt sie ihn.

„Ich glaub, einen Burrito."

Fünf Minuten später bestellen sie. Einen Burrito für Aron und Enchiladas für Mathilda. Aron grinst, als sie ihre Bestellung aufgibt.

„Das hast du extra gemacht", sagt er belustigt, als der Kellner ihren Tisch verlassen hat.

„Was?" Mathilda runzelt die Stirn.

„Du hast extra nicht das bestellt, was ich gesagt habe." Er hält ihrem Blick lächelnd stand.

„Das stimmt überhaupt nicht." Sie schmunzelt.

Aron nickt.

Ein paar Minuten lang sprechen sie nicht miteinander.

„Vielleicht hast du doch recht", gibt Mathilda zu.

„Das Essen geht heute auf mich. Wegen diesem Chaos", sagt Aron.

„Ich hätte mich auch einfach früher um das Kleid kümmern können, aber..." Mathilda lässt ihren Satz unvollständig. Verschiedene Enden gehen ihr durch den Kopf: Aber ich wollte dich nicht sehen. Aber ich wollte nicht mit dir reden. Weil ich keine alten Wunden aufreißen wollte. Weil ich nicht sehen wollte, dass es dir ohne mich gutgeht. Weil ich nicht wollte, dass es wieder so wehtut, wenn du weg bist.

Aron sieht sie an und wartet auf eine Erklärung. Sein Blick ist voller Hoffnung und gleichzeitig ohne jede Erwartung. Nach ein paar Sekunden merkt er, dass sie nicht weitersprechen wird.

„Ich sterbe vor Hunger", sagt sie stattdessen.

„Hast du heute nichts gegessen?"

Dieser Smalltalk fällt ihnen leichter.

„Ich habe heute Mittag ein Brötchen gegessen und heute Morgen eine Scheibe Toast", zählt sie auf.

„Das ist nicht viel", stimmt Aron ihr zu.

„Hast du keinen Hunger?", will sie wissen.

„Geht so." Aron zuckt mit den Achseln.

Sie sehen sich einen Augenblick lang an, dann sehen sie beide in unterschiedliche Richtungen. Manchmal merken sie nicht, dass zwischen ihnen etwas kaputt gegangen ist und manchmal spüren sie es so überdeutlich, dass es ihnen den Atem raubt. Aron ist nicht in der Lage zu benennen, was die Ursache ist, aber er ist sich sicher, dass Mathilda das weiß. Sie hat vor 61 Tagen gesagt, dass es so nicht mehr weitergehen kann. Sie ist schlussendlich zu ihrer Schwester gezogen. Am Anfang war er wütend auf sie, aber seine Enttäuschung kam zeitgleich mit der Sehnsucht nach ihr. Als Marta sich damals von ihm getrennt hatte, hatte er es verstanden. Sie wollte zurück nach Hause, zurück nach Spanien und Aron passte nicht dorthin. Sie hatten ihre Leben in unterschiedlichen Ländern, aber jetzt? Er wusste, dass Mathilda es hasste, wenn jemand sagte, dass Liebe manchmal nicht ausreicht. Immer, wenn sie das gehört hatte, hatte sie gesagt, dass sie das für absoluten Bullshit hielt. Auf was, wenn nicht auf die Liebe, ist in dieser Welt denn Verlass?, hatte sie ihn gefragt.

Er hatte dann meist gelächelt, weil er es süß fand wie emotional sie darauf reagierte. Und jetzt konnte man diesen Satz auch über sie beide sagen.

Als er zu ihr sieht, fragt er sich, ob sie ihn noch liebt.

Mathildas Augen glänzen als das Essen kommt. Aron reicht ihr das Besteck und sie lächelt ihn an.

„Guten Appetit", sagt Aron.

„Dir auch." Mathilda begutachtet seinen Burrito und grinst.

„Was?", fragt Aron schmunzelnd.

„Du nimmst immer diesen Burrito", sagt sie.

„Ist an diesem Burrito denn irgendwas falsch?", fragt er sie und hebt die Augenbrauen.

„Nein, überhaupt nicht." Sie lacht und trinkt einen Schluck Wasser.

„Außerdem weiß ich, dass bei dir immer was übrig bleibt", sagt Aron.

„Heute nicht!"

Kapitel 10

Es war ein warmer Tag, als Aron und Mathilda sich in die
unterste Kabine des rostigen Riesenrads setzten. Aron hatte
eigentlich seinen Essay zu Ende schreiben sollen und der
Zugang zum alten Spreepark war verboten, doch jetzt legten
sie beide die Köpfe in den Nacken und schauten an dem
Blechdach ihrer Kabine vorbei hinauf in den Himmel.

Mit Aron war es aufregend und anders. Nicht nur, weil sie
gerade etwas taten, was nicht erlaubt war, ihn anzusehen war
aufregend, sein Wesen war anders. Mit ihm Zeit zu
verbringen war wie mit einem Boot im Sommer hinaus aufs
Meer zu fahren und jedes Zeitgefühl zu verlieren.

Aron ging es ähnlich, wenn er Mathilda ansah. Etwas in
ihrem Blick gab ihm das Gefühl von Gelassenheit. War er
sonst wie ein Schmetterling, der unter einem Netz gefangen

gehalten wurde, fand er mit ihr diese eine Stelle, an der er ausbrechen konnte.

„Genau hier sind damals die Aliens gelandet", sagte Aron und rieb sich die Hände aneinander, als wäre das eine Beiläufigkeit.

Mathilda gluckste, bevor sie sprach. „Was?"

„Wusstest du das nicht?" Aron beugte sich auf seinen Knien nach vorne und sah hinauf.

Mathilda erkannte an dem Glitzern in seinen Augen, dass er sich ein Lachen verkniff und legte den Kopf schief. „Das wusste ich nicht. Erzähl mir davon."

Aron rutschte auf der kalten Sitzbank nach hinten. „Hast du noch nie was von der mysteriösen Silvesternacht 2001/2002 gehört?" Er verzog den Mund, als wäre das sehr bedauerlich. „Du musst dir diesen Ort hier absolut dunkel vorstellen. Dort hinten die Bäume, die konntest du damals von hieraus gar nicht mehr erkennen. Du konntest nicht einmal deine eigene Hand vor Augen erkennen, selbst nicht, wenn du sie dir direkt vor die Nase gehalten hast." Er öffnete seine Hand und hielt sie sich direkt vor sein Gesicht.

Mathilda grinste ihn an.

„Hörst du das?" Er deutete mit dem Zeigefinger in den Himmel. In kaum abschätzbarer Höhe flog ein Flugzeug über sie und tauchte in einen Wolkenschwaden ein. „Alle Geräusche sind in dieser Nacht verstummt und es legte sich eine geheimnisvolle Stille über die Stadt. Bis..." Er weitete die Augen.

„Bis?", fragte sie nach.

„Bis die Aliens kamen. Sie landete mit ihrem UFO direkt da vorne. Da, wo jetzt diese Wiese ist, standen früher Bäume." Aron deutete über Mathildas Kopf hinweg und sie folgte seinem Blick. „Sie kamen aus dem Nichts. Ihr Raumschiff schwebte über dem Gras, als sie die Luke öffneten und hinaustraten. Langsam. Einer nach dem anderen. Ich weiß nicht mehr genau, wie viele es waren. Da liefern die Berichte auch unterschiedliche Daten. Diejenigen, die damals dabei waren, können sich nicht mehr erinnern, was dann geschah. Sie wachten auf, ohne zu wissen, wo sie waren, fühlten sich gerädert und erschöpft. Einige von ihnen hatten Glitzer an der Stirn." Aron lachte, als er Mathildas belustigten Blick sah.

„Glitzer?"

„Ja, Aliens stehen auf Glitzer. Auf Glitzer und auf die Beatles." Aron hob die Augenbrauen.

„Glaubst du, dass es Außerirdische gibt?" Sie verkniff sich ein Lachen.

„Ich glaube schon, dass es mehr gibt als wir uns vorstellen können. Und du?" Aron hatte sich Zeit gelassen, um auf ihre Frage zu antworten.

„Ich weiß nicht." Sie sah ihn an. In ihrem Blick lag etwas Herausforderndes, aber auch Unschlüssigkeit.

„Wie stellst du dir denn einen Alien vor?" Aron legte seinen Arm über die Lehne der Sitzbank. Wenn Mathilda sich jetzt zurückgelehnt hätte, hätte er ihre Schultern berührt.

„Grün und schleimig. Mit einem einzigen Auge auf der Stirn. Der Kopf ist dreieckig. Am Kinn ganz spitz. Und wenn sie sprechen, dann klingen sie wie abhackte Computerstimmen", sagte sie.

Aron nickte. „Sie laufen in eckigen Bewegungen und wo sie auftauchen, ertönt metallische, psychedelische Musik."

Mathilda grinste ihn an.

„Was aber, wenn die Außerirdischen gar nicht anders aussehen als wir. Oder wenn sie sich so tarnen können, dass sie menschliche Gestalt annehmen. Vielleicht läufst du tagtäglich an Marsmenschen vorbei, wenn du durch die Stadt gehst oder mit der U-Bahn fährst." Aron sah ihr in die Augen. Einige Male schon war sein Blick an ihren Lippen hängengeblieben.

„Warum sollten sie sich unter uns mischen? Ich denke, dass sie uns weit voraus sind. Sie haben sicher Technologien, von denen wir auf der Erde nur träumen können", sagte sie.

Aron lächelte.

„Mir gefällt der Gedanke, dass es noch mehr Leben im Universum gibt", fügte Mathilda hinzu. „Ich könnte mir vorstellen, dass ein Alien hinunter zur Erde kommt, um seine Alien-Dame zu retten. Vielleicht wurde sie entführt oder hat sich hierher verirrt." Mathilda runzelte die Stirn, als sie darüber nachdachte. „Wenn es einen anderen Planeten gebe, auf dem man leben könnte, würdest du dort leben wollen? Dort gäbe es dann keinen Klimawandel, keine zugemüllten Ozeane, keine Ungerechtigkeit."

Aron lächelte ein schiefes Lächeln, ganz so, als stellte er sich die abgefahrensten Planeten vor: hochtechnisiert, supermodern, vielleicht tatsächlich ohne die Probleme, die auf der Erde herrschten. Eine perfekte Welt, in der alles möglich wäre, das auch hier möglich war. „Ich bin froh, dass ich gerade auf diesem Planeten bin", sagte er schließlich und sein Gesicht war mit einem Mal ohne diesen schelmischen Ausdruck. Vielmehr wirkte er ein wenig verlegen.

Mathilda sah ihn einen Augenblick nachdenklich an. Dann entschied sie sich dafür, den schelmischen Ausdruck zurück in sein Gesicht zu holen. „Bist du ein Alien?", fragte sie ihn. Es hätte sie nicht gewundert, wenn er Ja gesagt hätte. Das hätte zumindest erklärt, warum er sich so von allen anderen Menschen unterschied, die sie kannte.

Aron blickte auf seine Hände und grinste. Er berührte mit seiner Zunge seine Lippen.

Sie blieben noch eine Weile im Riesenrad, dann half Aron Mathilda dabei auszusteigen. Immer, wenn sie seine Hand berührte, war es, als würden kleine Stromschläge ihren Körper elektrisieren. Jedes Mal hatte sie das Gefühl, dass Aron ihre Hand eigentlich nicht wieder loslassen wollte. Während sie zurück zu dem Loch im Zaun gingen, durch das sie hineingeklettert waren, konnte sich Mathilda tatsächlich vorstellen, wie über ihnen im rosagefärbten Himmel ein riesiges Raumschiff auftauchte und langsam zur Erde glitt, um lautlos zu landen.

Kapitel 11

Mathilda hat noch eine halbe Enchilada auf dem Teller und blickt Aron schuldbewusst an. „Ich kann nicht mehr. Willst du noch?"

Aron grinst und sie tauschen ihre Teller. „Ich kenne dich besser als jeder andere, Mathilda", sagt er, nicht ohne dabei Stolz zu empfinden.

Mathilda verdreht in gespielter Empörung die Augen. „Ich bekenne mich schuldig."

Aron schneidet ihre halbe Enchilada noch einmal in zwei Hälften und steckt sich die eine Hälfte in den Mund. „Das schmeckt besser als meins", sagt er kauend.

„Und das war auch immer schon so." Mathilda lacht. Sie beobachtet ihn dabei, wie er kaut, wie er auf sein Essen und dann in ihre Augen blickt. Etwas an ihm wird für sie immer das Gefühl von Vertrautheit und Geborgenheit sein. Nie hat sie jemanden an sich herangelassen wie ihn, nie hat sie Bedingungslosigkeit auf eine solche Art und Weise gespürt. Mit Aron hatte sie immer das Gefühl, nach den Sternen greifen zu können; nicht, weil er einen Plan hatte, sondern weil er keinen hatte. Sie erinnert sich an einen Samstagmorgen, an dem sie beide schon früh wach waren, weil es einen lauten Knall auf der Straße gegeben hatte. Sie hatten beide nicht wieder einschlafen können und Mathilda hatte sich beschwert, dass durch den Lärm ihr Samstag zerstört worden war. Aron hatte ihr einen Kuss gegeben, war aufgestanden und mit Taucherbrille auf der Nase und Badehose zurückgekommen.

„Komm, wir fahren ans Meer", hatte er mit diesem schelmischen Glänzen in den Augen gesagt.

Sie hatten den 7 Uhr-Zug nach Stralsund genommen und lagen um 12 Uhr am Strand. Am gleichen Abend waren sie zurück in die Hauptstadt gefahren. Dieser Tag – das wusste Mathilda schon, als sie abends in Berlin ankamen – würde sie in ihrem Leben nicht wieder vergessen.

So war Aron. Mit dem Kopf in den Wolken, ein verspielter Junge, der im Laufe der Jahre nur auf dem Kalender älter geworden war.

In diesem Moment fragt sich Mathilda, ob er wohl schon ein anderes Mädchen getroffen hat. 61 Tage sind eine lange Zeit, zu kurz, um sich wieder zu daten? Sie weiß, dass er nie Schwierigkeiten hatte, jemanden kennenzulernen. Sie hatte oft geglaubt, dass es Glück gewesen war, dass er sie in dem Moment, in dem er gerade frei war, traf. Sie hatten in ihrer Beziehung immer offen über alles gesprochen, er hatte ihr von Marta erzählt, von den kleinen Liebeleien zwischen der Trennung von Marta und dem Moment, als er sie – Mathilda – kennenlernte.

„Was ist?", fragt Aron, der ihre Blicke bemerkt.

Mathilda reißt sich los und überspielt ihr Gefühl, ertappt worden zu sein, mit einem Lachen. „Nichts, ich habe mich nur gefragt, wann du aufhören wirst wie ein Hinterwälder zu essen."

Aron lacht.

Sie weiß, dass er froh ist, dass sie wieder so miteinander sprechen können. Jeder Kontakt, den sie in den letzten 61 Tagen hatten, hatte aus kurzen Nachrichten bei Whatsapp bestanden, über die jeder, bevor er die Nachricht abschickte, Minuten oder sogar Stunden nachgedacht hatte.

„Ich frag mich, wie lange dieser Schlüsseldienst noch braucht", sagt Aron und schiebt den leeren Teller ein Stück von sich.

Mathilda überlegt, ob er froh ist, wenn sie ihr Kleid geholt hat und zurück zu Paula fährt. Eigentlich vermutet sie, dass er gerade ganz zufrieden damit ist, hier mit ihr zu sitzen, aber er weiß auch, dass sie kein Paar mehr sind. Und sie weiß es. Auch wenn sie sich regelmäßig daran erinnern muss. Es ist so leicht, in alte Muster zu verfallen. Wie oft hat sie das Telefon in der Hand gehabt, um ihm irgendetwas zu erzählen oder ihm ein Foto zu schicken? Und sei es nur ein Screenshot von einem lustigen Spruch, den sie auf Instagram gesehen hat. Jedes Mal traf es sie wie ein Schlag, wenn ihr bewusst wurde, dass sie sich in Zukunft einen anderen Empfänger für solche Nachrichten suchen musste.

In den letzten fünf Jahren hatte es nur Aron für sie gegeben und wenn sie genau darüber nachdenkt, weiß sie, dass es immer nur ihn für sie gegeben hat. Er war der erste Mensch, in den sie sich verliebt hat. Sie erinnert sich genau an den Moment, an dem sie spürte, dass sie etwas Starkes verband. Eine unsichtbare Kraft, eine Verbindung, die nicht jeder Mensch in seinem Leben kennenlernt. Sie hatte mit ihm auf dem Bett in Tonis Zimmer gesessen und er hatte sie in den Arm genommen. Das war es. Diese Umarmung und der zärtliche Blick, den er ihr zugeworfen hatte.

„Hast du eigentlich heute noch was vor, von dem ich dich abhalte?", fragt Mathilda ihn.

Aron runzelt kurz die Stirn, dann schüttelt er den Kopf. Mathilda verspürt eine Erleichterung. Jetzt, wo sie die Frage ausgesprochen hat, kann sie sich gut vorstellen, wie er ein anderes Mädchen ausführt. Er kann das gut.

Er scheint, ihre Gedanken zu lesen. „Ich treffe mich mit keinem Mädchen", sagt er und auf seinem zunächst noch ernsten Gesicht erscheint ein Lächeln, das zu einem frechen Grinsen wird.

Mathilda hebt die Augenbrauen und lacht. „Du brauchst mir keine Rechenschaft ablegen." Und trotzdem ist sie überrascht, wie groß ihre Erleichterung ist.

„Und du?", fragt Aron sie direkt. Er grinst zwar, aber sie spürt die Anspannung, die er empfindet.

Mathilda nimmt ihre Serviette und streicht sie vor sich auf dem Tisch glatt.

„Es geht mich nichts an, oder?", fragt Aron und sie spürt ein Drängen in seiner Stimme. Es würde ihn umbringen, wenn sie einen anderen hätte. Das erkennt sie.

„Es gab für mich nur dich, das weißt du", sagt sie und beobachtet, wie sie ihm damit eine Dosis Selbstvertrauen injiziert, sie sieht bildhaft vor Augen, wie es durch seine Adern fließt. Er wird größer auf seinem Stuhl.

„Naja, das wird nicht für immer so bleiben", sagt Aron und in dem Moment, in dem ihn diese Erkenntnis trifft, senken sich seine Schultern.

Mathilda antwortet nicht sofort, aber sie spürt das kleine Lächeln auf ihren Lippen. „Hast du gedacht, sie stehen Schlange?", sagt sie nach ein paar Minuten.

„Jede Wette", sagt er und stützt die Arme auf dem Tisch ab.

Sie sieht ihn an.

„Du bist die schönste Frau, die ich je gesehen hab", sagt er, aber als er das ausgesprochen hat, scheint er unsicher, ob es richtig war, ihr das zu sagen.

Ein Stich fährt in Mathildas Magen, mit einem Mal ist ihr speiübel. Sie sitzt hier zusammen mit Aron und will ihn nicht verlieren. Sie will nicht, dass sie getrennte Leben führen. Sie muss sich daran erinnern, weshalb sie sich getrennt haben. Es gab doch etliche Gründe, die dafür gesprochen haben, sie hat die Trennung mit Marie und Alina besprochen, mit Paula, sogar mit ihren Eltern. Sie haben ihr gesagt, dass es letztendlich ihre Entscheidung sein würde, Alina hat ihr gesagt, sie sei verrückt, wenn sie ihn gehen ließe, aber es war ein tatsächlich ein undefinierbares Gefühl, das sie letztendlich dazu gebracht hat.

Aron wippt unter dem Tisch nervös mit seinem Bein. „Willst du noch was trinken?" Er deutet auf ihr leeres Glas.

In dem Moment erscheint der Kellner, als hätte er nur auf ein Stichwort gewartet. „Darf ich Ihnen noch etwas zu trinken anbieten? Gerade eben hat die Happy Hour begonnen. Alle Cocktails für vier Euro. Lassen Sie sich das nicht entgehen."

Aron lächelt erst den Kellner an, dann hebt er in Mathildas Richtung die Augenbrauen. „Happy Hour."

„Haben die sich noch nicht bei dir gemeldet?", fragt sie ihn.

Er schaut kurz auf sein Handy, auf dem kein Anruf und keine Mitteilung eingegangen ist. „Nein, noch nicht."

„Haben Sie eine Cocktailkarte für uns?", fragt Mathilda den Kellner.

„Kommt sofort." Eilig verlässt er den Tisch.

Aron sieht ihm nach, wie er zum langen Tresen hinübergeht, auf dem diverse Liköre und Schnapsflaschen stehen.

„Am Ende des Abends sind wir sturzbetrunken", sagt Mathilda und lacht.

Kapitel 12

Aron und Mathilda lagen auf dem Rücken und schauten in den Sternenhimmel über Berlin. Aron hatte Mathilda am Nachmittag aus der Buchhandlung abgeholt, war mit ihr zu einem Italiener gegangen und hatte sie anschließend hierher gebracht. Wenn Mathilda den Kopf nach rechts drehte, erkannte sie die Silhouette des Fernsehturms zwischen zwei Lüftungsanlagen. Links von ihr spürte sie die Wärme, die von Aron ausging. Als sie vorhin heraufgekommen waren, hatte Aron die große Tasche, die er dabeihatte abgestellt, eine große Decke ausgebreitet, eine Flasche Wein herausgeholt und ihr zwei Gläser in die Hand gedrückt. Wenn sie jetzt die Augen schloss, hatte sie das Gefühl, nirgendwo zu sein. Nicht auf diesem Dach, nicht in dieser Stadt, nicht in diesem Land. Das Rauschen der Autos ganz weit unter ihnen hätte auch das Rauschen des Meeres sein können. Trotzdem stellte sie sich vor, wie die Autos auf der großen Hauptstraße fuhren, sie sah die Tram, die beim Bremsen quietschte, sah einen Fahrradfahrer, der einen Fußgänger anklingelte, weil er auf dem Radweg stand.

„Erzähl mir was über dich, was ich noch nicht weiß", sagte Aron plötzlich.

Als sie ihn ansah, lächelte er. „Was du noch nicht weißt", wiederholte Mathilda und überlegte.

„Ich fange mal an. Manchmal schaue ich mir Filme ohne Ton an und stelle mir vor, dass die Schauspieler andere Dinge sagen als im Original." Aron berührte mit der Zungenspitze seine Schneidezähne und hob erwartungsvoll die Augenbrauen.

„Machst du nicht", grinste Mathilda.

„Doch. Das kann man ziemlich gut bei Gruselfilmen machen. Ich wollte das immer mal bei Schnulzen ausprobieren." Er verzog den Mund zu einem frechen Lächeln und sah wieder hinauf in den Sternenhimmel.

„Wenn nichts im Buchladen los ist, lese ich mir manchmal von den Büchern, die ich sowieso nicht lesen möchte, das Ende durch", sagte Mathilda.

Aron grinste sie an. „Du weißt, dass das schon kein Kavaliersdelikt mehr ist, oder?"

„Wieso?" Sie lachte.

Er schüttelte belustigt den Kopf. „Das hätte ich dir nicht zugetraut."

„Stell dir vor, du hättest das Ende von *Romeo und Julia* gewusst, bevor du die Geschichte gelesen hättest", sagte sie.

„Ich habe *Romeo und Julia* nie gelesen. Die meisten Leute nicht und trotzdem kennen sie das Ende", sagte Aron.

„Ja, weil ihre Geschichte so bedeutsam ist. Jeder kennt sie. Nehmen wir ein anderes Beispiel." Mathilda saugte an ihrer Unterlippe, während sie über ein anderes Buch nachdachte. „*Stolz und Vorurteil?*"

„Nie gelesen."

„*Moby Dick?*"

„Die Geschichte kennt auch jeder, ohne sie gelesen zu haben", sagte Aron. Sein Grinsen wurde breiter.

„Hast du einen Vorschlag?", fragte sie ihn.

Aron runzelte die Stirn. „Wenn du an ein Buch denkst, das du gelesen hast, denkst du dann an das Ende oder an bestimmte Szenen?"

„Hast recht, ich denke immer an bestimmte Szenen." Mathilda lachte.

„*Herr der Ringe?*", fragte Aron.

„Da habe ich nur die Filme geguckt", sagte Mathilda.

„*Der kleine Prinz?*"

„Da denke ich direkt an die Begegnung mit dem Fuchs."

„*Der Fänger im Roggen?*", fragte Aron.

„Die Enten im Central Park."

„Warst du schon mal in New York?"

Mathilda lachte. „Ist das ein Roman?"

Aron grinste. „Nein, das möchte ich von dir wissen."

„Ja. Vor zwei Jahren. Und du?"

Aron schüttelte den Kopf.

Eine Weile schwiegen sie.

„Findest du es nicht auch erstaunlich, dass die Sterne, die wir von hier aus sehen, vor tausend Jahren erlischt sind?", fragte Mathilda. Sie sah Aron nicht an und spürte, dass auch er sich nicht bewegte. Sie schauten beide hinauf in den Nachthimmel.

„Glaubst du, wir sehen uns in diesem Moment denselben Stern an?", fragte Aron.

„Welchen Stern guckst du dir denn gerade an?" Mathilda schmunzelte.

Aron rutschte näher an sie heran. Ihre Köpfe lagen jetzt direkt beieinander. Seine Augen waren nur ein paar Zentimeter von ihren entfernt. Er streckte den Arm aus, den Finger und zeigte auf einen Stern über ihnen.

„Ich habe keine Ahnung, welchen du meinst." Mathilda lachte.

Aron rutschte wieder ein Stück von ihr weg und Mathilda ärgerte sich über ihre Antwort. Es hatte sich gut angefühlt, dass er so nah war.

„Wovor hast du am meisten Angst?", hörte sie sich fragen, bevor sie überhaupt über diese Frage nachgedacht hatte. Sie drehte den Kopf so, dass sie Aron ansehen konnte. Er machte zunächst den Eindruck, als würde er nicht auf diese Frage antworten, aber dann tat er es doch. „Vor Einsamkeit." Er bewegte sich so, dass er sie sehen konnte. „Und du?"

„Ich habe Angst vor Rastlosigkeit. Das Gefühl zu verlieren, einen Platz zu haben, der mein Zuhause ist", sagte sie.

„Hattest du das Gefühl schon mal?", fragte er. Er hatte den linken Arm unter seinen Kopf geschoben.

Mathilda schüttelte den Kopf.

„Ich habe mich schon an mehreren Orten zuhause gefühlt", sagte Aron nach einer Weile.

Mathilda erkannte einen Kreis im Sternenbild über sich, als er das sagte und fragte sich, ob es einen Kreis neben dem großen und kleinen Wagen und vielen anderen, an die sie sich nicht mehr erinnern konnte, überhaupt gab. „Wo denn?"

„Toni und ich gehen manchmal zu einem Basketballfeld im Schendelpark", sagte Aron.

Mathilda fragte sich für einen Moment, ob das schon seine Antwort war.

„Wenn ich meinen Vater auf Mallorca besuche, fahre ich mit einem alten Roller zu einer kleinen Bucht. Man kann von dort nur das Meer sehen, keine Häuser, keine Straßen, meistens auch keine anderen Menschen." Er machte eine Pause. „Hier mit dir", fügte er ein paar Minuten später aus dem Nichts hinzu. Seine Stimme war ganz leise und tief.

Mathilda lächelte ihn an und ihr fiel auf, wie nah sie beieinander lagen. Sie betrachtete sein Gesicht, seine Augen, die tiefer wirkten als andere, seine Lippen.

„Ist deine Angst vor Rastlosigkeit nicht irgendwie auch eine Angst vor Einsamkeit?"

Sie sah nur auf seine Lippen, während er das sagte. Und plötzlich berührte Aron ihre Wange mit seinem Finger. Langsam strich er über ihr Gesicht, bis er an ihrem Kinn angelangt war. Er richtete sich auf, beugte sich vor und legte seine Lippen auf ihre. Es war ganz leicht. Zaghaft bewegten sich ihre Münder aufeinander. Mathilda fuhr mit ihrer Hand in seinen Nacken und zog ihn näher zu sich heran. Aron suchte mit seiner Zunge nach ihrer und als er sie berührte, explodierte die Welt. Der Knall ließ das Wohnhaus unter ihnen erbeben. Sterne fielen vom Firmament und zersprangen auf dem Asphalt der Straße unter ihnen. Der Himmel erstrahlte in einem goldenen Farbton. Man musste die Augen zukneifen, um überhaupt etwas sehen zu können. Abertausende Meteoriten prallten auf ihrem Weg zur Erde aufeinander, ihre Einzelteile fielen in einem Feuerregen hinab.

Aron küsste ihren Hals, ihr Kinn, ihre Lippen, ihr Ohr, ihre Wange, ihre Lippen, ihre Mundwinkel, ihre Lippen. Er saugte an ihrer Unterlippe, legte seine Zunge auf ihre. Mathilda hatte eine derartige Sehnsucht noch nie gespürt. Sie schloss die Augen, ihr Atem ging schnell und heiser. Mit warmen Fingern fuhr Aron über ihren Körper, unter ihr T-

Shirt, vergrub sein Gesicht an ihrem Hals. Seine Haut war heiß auf ihrer, und obwohl sie sich schnell bewegten, berührte er sie mit einer grenzenlosen Zärtlichkeit.

Kapitel 13

Mathilda trinkt durch ihren roten Strohhalm einen Schluck von ihrer Caipirinha, dann setzt sie das Cocktailglas auf dem Tisch ab und umfasst es mit beiden Händen. Sie sieht Aron an. „Kommst du klar ohne mich?" Sie hatte vor, ihn frech anzulächeln, aber ihr Lächeln erstirbt auf dem Weg zu ihren Lippen.

Aron grinst ein bisschen und spielt mit dem Schirmchen in seinem Cocktail. Er sieht sie erst nicht an, dann hebt er den Blick, antwortet aber nicht sofort. An seiner Mundbewegung erkennt Mathilda, dass er über seine Antwort nachdenkt. Er zieht seine Unterlippe mit den Zähnen ein und lehnt sich im Stuhl zurück und wieder nach vorne. „Ehrlich gesagt, es geht mir ohne dich nicht so gut."

Mathilda spürt, dass ihr Herz für mindestens einen Schlag aussetzt. Sie sieht in Arons Augen, dass er es wirklich so meint. Für eine Weile ist es still zwischen ihnen. Sie sind sich nicht sicher, ob sie das Thema vertiefen oder einfach übergehen sollen, indem sie ein anderes banales Thema anschneiden. In dem Moment klingelt Arons Handy. Es dauert einen Moment, bis er das Gespräch annimmt.

„Ja?", sagt er. Er sieht Mathilda nicht an. „Alles klar. Gut, wir sind dann da. Danke für die Info. Bis dann." Als er auflegt, schüttelt er belustigt den Kopf. „Sie sind jetzt an dem Unfall vorbei und in circa zwanzig Minuten da."

„Oh", sagt Mathilda. Ihr Blick fällt auf die beiden Cock-tailgläser, die noch bis über die Hälfte gefüllt sind.

„Passt schon", sagt Aron, als er ihre Blicke sieht.

In der Zeit, in der sie ihre Gläser leeren, sprechen sie nicht miteinander. Schließlich verlangt Aron bei ihrem Kellner die Rechnung.

„Ich mach das schon. Als kleine Wiedergutmachung", sagt Aron, als Mathilda ihr Portmonee aus der Jackentasche zieht.

„Danke", sagt sie leise. Dann beobachtet sie Aron, wie er die Rechnung begleicht, sich kurz mit dem Kellner unterhält, auf seine Art lacht und dann sein Portmonee in die Hosen-tasche steckt.

Sie stehen auf, Mathilda zieht ihre Jacke an und sie verlassen das Restaurant. Es hat wieder zu regnen begonnen, sie beeilen sich, die Straße zu überqueren. Aron hält ihr die Haustüre auf, dann geht er ihr voran die Treppe in den zweiten Stock hinauf. Einsam und verlassen stehen die beiden leeren und die beiden vollen Bierflaschen vor der Wohnungstür.

„Sie müssten jeden Moment da sein", sagt Aron und schaut auf sein Handy.

Mathilda nickt nur. Dass der Abend mit Aron dem Ende entgegensteuert, bereitet ihr ein ungeahntes Unbehagen. Gleich wird die Tür aufgeschlossen, sie wird ins Schlafzimmer gehen, auf Anhieb das Kleid finden, weil sie genau weiß, wo es hängt, und sich dann von ihm verabschieden. In ein paar Tagen wird sie ihn dann wieder kontaktieren, damit sie endlich ihre letzten Sachen abholen kann. Als sie ihn ansieht, bemerkt sie, dass er sie beobachtet.

„Alles okay?", fragt er sie.

„Ja." Ein kurzes Lachen fällt ihr aus dem Mund.

Fünf Minuten später geht die Haustür auf und sie hören die Stimmen zweier Männer, die das Haus betreten und die Treppe hinaufsteigen. Sie wissen beide, dass es die Männer vom Schlüsseldienst sind. Der eine ist klein und grau, der andere jung, jünger als sie.

„Entschuldigen Sie, dass Sie so lange warten mussten", sagt der kleine, graue Mann. Er reicht zuerst Aron, dann Mathilda die Hand. „Das ist mein Azubi", fügt er mit einem Blick auf den jungen Mann hinzu.

„Alles klar", sagt Aron. „Und das ist unsere Tür." Er tritt einen Schritt zur Seite.

Während sich die beiden Männer an die Arbeit machen und der kleine, graue Mann dem jungen erklärt, wie er vorgeht, stellen sich Aron und Mathilda an das Geländer. Sie schauen auf die Rücken der beiden Männer und hängen ihren Gedanken nach. Mit einem Mal gibt es nichts mehr zu sagen.

Nach weiteren fünf Minuten ist die Tür offen. Aron bedankt sich mit einem Handschlag bei den beiden Männern, dann überreicht er dem grauen, kleinen Mann mehrere Scheine. Mathilda ist beinahe schockiert darüber, wie schnell sie die Tür geöffnet haben. Dafür haben sie so lange gewartet. Sie nickt den beiden Männern zu, als sie sich verabschieden.

„Komm rein", sagt Aron und hält die Tür auf.

Mathilda verspürt ein Ziehen in der Brust, als sie die offene Tür sieht, den Eingang zu der Wohnung, in der sie gemeinsam mit Aron gewohnt hat. Wohnt. Noch ist sie hier gemeldet. Aron tritt zur Seite und lässt sie vorbei. Der Flur ist lang, die Decke hoch. An den Wänden hängen alte Schallplatten, die Aron seit Jahren sammelt. Im Wohnzimmer steht der dazugehörige Schallplattenspieler, der nicht mehr funktioniert. ACDC, Metallica, Guns N Roses, Pink Floyd. Sie schauen auf die Trümmer ihrer Beziehung hinab, über die Mathilda langsam schreitet. Sie liegen auf dem dunklen Laminat, das vom Flur ab in jeden Raum führt außer in Küche und Bad.

Mathilda dreht sich zur Wohnungstür um und erschreckt sich vor Aron. Sie hat nicht gemerkt, dass er noch hinter ihr steht.

„Kaum zu glauben, wie schnell das ging, oder?" Aron meint den Schlüsseldienst.

Mathilda nickt. „Ja, kaum zu glauben", wiederholt sie. Sie bückt sich und knotet ihre Schuhe auf.

„Du kannst die Schuhe ruhig anlassen", sagt Aron und behandelt sie als den Gast, der sie hier heute ist. Er steht noch immer an der Wohnungstür, hat die Tür mittlerweile allerdings geschlossen. Er hat den Wohnungsschlüssel in der Hand, als wollte er damit sichergehen, ihn nie wieder zu verlieren.

„Schon gut, die Schuhe sind nass." Mathilda steigt aus ihren Schuhen und geht ins Schlafzimmer.

Sie hat das Gefühl, als hätte sie diesen Raum nie gesehen. Die dunkle Bettdecke liegt unordentlich auf dem Bett, auf dem Nachttisch steht eine Wasserflasche. Das Fenster steht auf kipp. Sie lässt den Blick über die dunklen Wände schweifen, ihre Bilder hängen noch dort. Über dem Stuhl in der Ecke hängt noch ihre Lederjacke. Er hat die Lichterkette, die sie am Bett befestigt hat, nicht abgenommen, obwohl er sie damit aufgezogen hat, als sie sie dorthin gehängt hatte. Er hatte sich aufs Bett gesetzt und ihr dabei zugeguckt, wie sie mit dem Kabel kämpfte.

Sie geht hinüber zum Kleiderschrank, schiebt die Türen auf. Ihre Klamotten hängen an der Stange und liegen in den

Fächern. Es sind die Sachen, die nicht in ihre Taschen gepasst haben, als sie vor 61 Tagen hier ausgezogen war. Die Sachen, auf die sie verzichten konnte. Hin und wieder fehlten ihr doch T-Shirts und Pullover, wenn sie vor Koffer und Rucksack in Paulas Wohnung stand, aber deswegen wäre sie nicht extra hierhin gefahren. Sie schiebt zwei, drei Kleider auseinander und findet das Kleid wegen dem sie heute Abend hier hergekommen ist. Sie zieht es aus dem Schrank, nimmt es vom Bügel und legt es aufs Bett. Dann hängt sie den Bügel wieder in den Schrank und bleibt einen Augenblick vor ihren Sachen stehen. Eine Schranktür weiter hängen Arons Klamotten. Er hat fast genauso viel wie sie, weil er verrückt nach Hemden und Shirts ist. Sie sind häufig mitein-ander shoppen gegangen.

Aron steht mit einem Mal im Türrahmen und deutet auf das Kleid auf dem Bett. „Du hast es gefunden", sagt er.

Mathilda schließt die Schranktür und folgt seinem Blick aufs Bett. „Ja, das ist es."

„An das Kleid habe ich auch gedacht", sagt Aron. „Du hattest es an, als wir auf Kreta waren."

Mathilda hebt die Augenbrauen. „Daran erinnerst du dich noch?"

„Wie könnte ich nicht." Aron grinst sie an. Sie waren in einem Restaurant essen gewesen und sie hatte in diesem Kleid atemberaubend ausgesehen. Ihr Tisch stand so, dass sie einen Blick auf das Meer hatten, über dem die Sonne gerade unterging. Der Himmel war in ein tiefes Orange getaucht gewesen. Mathilda hatte ihm gegenübergesessen und in den Sonnenuntergang geschaut. Es war ihm schwergefallen, sich auf den Himmel zu konzentrieren. In so einer Kulisse, dachte er damals, würde er sie irgendwann fragen, ob sie seine Frau werden wollte.

Kapitel 14

Wenn die Sonne schien, lagen sie gemeinsam im Park auf einer Decke. Aron lernte dann für Klausuren, Mathilda hatte immer ein Buch dabei. Oft kam es, dass sie stundenlang dalagen und Aron ihr vorlas. Das konnte er gut. Er verstellte seine Stimme, wenn er die unterschiedlichen Figuren sprach, und Mathilda fand es bewundernswert, wie selten er sich verlas. Sie beobachtete ihn beim Lesen. Wie seine dunklen Augen über die Zeilen wanderten, wie seine Lippen die Worte formten. Der Wind spielte mit seinem Haar und sie erkannte die Emotionen der Figuren in seinem Gesicht. Aron war Robin Crusoe und Mister Darcy, Tom Sawyer und Hector auf der Suche nach dem Glück. Gleichzeitig war er Judy Garland, Daisy Buchanan und Anna Karenina. Wenn sie nicht gemeinsam lasen, beobachteten sie die Leute, die an ihnen vorbeiliefen und malten sich ihre Geschichten aus.

„Siehst du ihn? Der Typ, der seine Adidas-Socken bis zum Knie hochgezogen hat?", fragte Aron.

Mathilda lag zwischen seinen Beinen, ihr Kopf an seiner Schulter. „Ja, was ist mit ihm?"

„Er ist seit letzter Woche vegan, weil er ein Mädchen beeindrucken will, das er auf Tinder kennengelernt hat. Sie waren bei ihrem ersten Date in einem veganen Laden in Friedrichshain und haben Bowl gegessen. Er wollte nicht zugeben, wie sehr er Steaks liebt, also hat er gesagt, dass er Vegetarier ist. Sie hat ihm dann einen Vortrag über das große Fischsterben gehalten und dann hat sie ihm eine Liste mit Lebensmitteln gemacht, die er ohne Bedenken essen kann und die auch noch supergut für seine Haut sind." Aron strich über ihre Arme.

„Und was macht er beruflich?", fragte Mathilda.

„Das weiß er selbst noch nicht so genau. Er studiert Wirtschaftswissenschaften, aber eigentlich interessiert er sich für Modedesign. Besonders für Schuhe. Er hat ein kleines Heft, in das er, immer wenn er Zeit hat, ein paar Modelle malt, die ihm in den Sinn kommen", antwortete er.

„Seit wann hat er diese Brille?" Mathilda drehte den Kopf so, dass sie Aron ansehen konnte.

„Woher soll ich das denn wissen, Mathilda", sagte er und kitzelte sie am Bauch.

Mathilda drehte sich um und küsste ihn. Sie war nie glücklicher gewesen.

„Jetzt bist du dran. Wie ist es mit ihr?" Aron zeigte auf eine Mittfünzigerin, die einen pinken Blazer und eine Sonnenbrille trug. Die Frau telefonierte und bewegte sich dabei immer zwei Schritte in die eine und dann in die andere Richtung. Wenn sie lachte, öffnete sie den Mund weit und legte den Kopf in den Nacken.

Mathilda überlegte. „Sie hat gerade ihren kleinen Chihuahua zum Hundefrisör gebracht. Das kann immer ein bisschen dauern, weil das der angesagteste Frisörsalon in Mitte ist. Ihr Mann ist erst vor kurzem bei ihr ausgezogen. Er ist Professor an der Uni hier in Berlin und hat sich in eine Studentin verliebt. Xara – so heißt sie. Eine rassige Spanierin, die nur für ein Semester hier in Berlin ist. Für ihre Kurven und ihr Temperament hat er alles aufgegeben. Er hatte schon einmal eine Geliebte vor ein paar Jahren, aber die war es ihm nicht wert gewesen, seine Frau zu verlieren. Es ist nicht so, dass er sie nicht liebt, er hat Schwierigkeiten damit, dass er alt wird. Die Frauen finden, dass ihn seine grauen Haare erst attraktiv machen, aber wenn er an die Zukunft denkt, fürchtet er sich. Weil er ein schlechtes Gewissen hat, hat er ihr das Haus und seinen Sportwagen überlassen. Nächstes Wochenende fährt sie mit ihren beiden besten Freundinnen nach Sylt. Da wohnen sie immer in einem schicken Hotel und verbringen den ganzen Tag im Spa-Bereich. Den Hund kann sie dorthin sogar mitnehmen."

Aron verzog beeindruckt den Mund. „Was ist mit dem Typen da vorne?" Er zeigte auf einen älteren Mann, der ein Haltestellenschild näher betrachtete.

„Er kommt nicht aus Berlin. Seine Tochter hat ihm ein Wochenende in der Hauptstadt geschenkt. Er ist mit dem Zug gekommen, wäre aber lieber geflogen." Mathilda zuckte mit den Achseln.

„Woher kommt er denn?", fragte Aron.

„Taunus", sagte Mathilda, als sei das selbstverständlich.

„Ach ja? Isch 'abe ihn eher für eine Franzosen ge'alten." Aron verstellte seine Stimme.

„Oui, oui? Wie kommst du darauf, mon amour?", fragte sie ihn.

„Er 'at so einen französischen Stil. Isch denke, er kommt aus Paris." Aron grinste seine Freundin an.

„Paris, ja? Da möchte ich unbedingt mal hin", sagte Mathilda und vergaß den Mann an der Haltestelle.

„Wirklich?"

„Ja, da möchte ich unbedingt mal mit dir hin", sagte sie.

„Du willst mit mir auf den Eiffelturm? Und ins Louvre? Zum Notre Dam? Vorbeischlendern am Schloss Versailles? Zur Sacré-Coer?", zählte er auf.

„Ich wusste nicht, dass du ein Paris-Experte bist." Mathilda verliebte sich jeden Tag aufs Neue in seine braunen Augen.

„Klar. Wenn du willst, fahre ich mit dir nach Paris", sagte er.

„Und wann?", fragte Mathilda.

„Jetzt gleich?", fragte er.

„Du schreibst übermorgen eine Klausur", sagte sie.

„Die kann ich auch nächstes Semester schreiben." Aron hob die Augenbrauen.

Mathilda gefiel es, wenn sein Gesicht diesen schelmischen Ausdruck bekam. „Ich bin zu vernünftig, um das zuzulassen."

„Dann fahren wir nach meiner Klausur", sagte Aron.

„Okay."

„Mit dem Auto? Mit dem Zug?", fragte er.

„Du hast kein Auto", sagte sie.

„Mein Vater hat mehrere Autos. Theoretisch gehört eins davon sogar mir. Findest du es seltsam, dass ich gerne mit der U-Bahn fahre?", fragte er sie.

„Ich finde es seltsam, dass du mich noch nie zu einem Date mit einem Auto abgeholt hast. Standesgemäß", zog sie ihn auf.

„Das werde ich umgehend nachholen, Mademoiselle", sagte er.

„Und wo wohnen wir in Paris?", fragte sie.

„In einem richtig ranzigen Hostel mitten in der Stadt. Es stinkt nach Schimmel und Gras, die Decken sind voller Bettwanzen und wir teilen uns mit dem ganzen Gang Dusche und Klo. Es ist nie leise, man hat nie seine Ruhe. Auf den Gängen verticken sie Dope. Vor einer Woche erst war in der Etage darüber ein Einsatz des französischen Heimatschutzes", sagte Aron.

„Teilen wir uns ein Bett?", fragte Mathilda.

„Logisch."

„Dann ist es okay", sagte sie.

Aron legte den Kopf schief und betrachtete ihr Gesicht. Manchmal konnte er nicht glauben, dass Mathilda tatsächlich seine Freundin war. Mit ihr hatte er ein Gefühl, dass er noch nicht kannte. Bei ihr zu sein fühlte sich an wie einen Unterschlupf bei Gewitter gefunden zu haben. „Und wohin fahren wir nach Paris?"

„Wo willst du denn hin? Das nächste Ziel entscheidest du." Mathilda beugte sich vor. Sie sahen sich gegenseitig auf die Lippen.

„London", sagte Aron und küsste sie.

„Danach Mailand." Mathilda küsste ihn. „Ich möchte in roten Louboutin-Heels und in einem roten Kleid von Prada durch die Gassen laufen und auf den Rillen der Straßenbahn balancieren. Die Leute sollen mich für eine amerikanische Schauspielerin halten, die auf dem Weg zum nächsten Designer auf der Fashion Show ist."

Aron grinste. „Anschließend Schweden?" Er hob eine Augenbraue. „Wir streifen den ganzen Tag durch die Wälder auf der Suche nach Elchen."

Mathilda lächelte ihn an und legte ihre Hand an seine Wange. „Da fahren wir mit einem Zelt hin."

„In Mailand wohnen wir übrigens in einem riesigen Hotel, in dem die Zimmer so groß sind wie ein ganzer Supermarkt. Riesige Betten, ein riesiges Fenster mit Blick auf den Dom." Aron malte das Fenster mit der Hand in die Luft. „Und du stehst auf dem Balkon. In deinem roten Kleid und in deinen roten Schuhen."

Sie vergaßen die Zeit, wenn sie sich Derartiges in den Kopf setzten und sie hielten jede dieser Ideen für absolut möglich.

Kapitel 15

Jetzt stehen sie im Schlafzimmer wie zwei Säulen in einer eindrucksvollen Eingangshalle aus einer anderer Zeit. Ihre Oberflächen sind glatt und kalt, als hielten sie einige Winter verborgen. Gleichzeitig sind sie unbeweglich und starr. An der ein oder anderen Stelle ein feiner Riss.

„Wir haben noch zwei Bier. Willst du das noch trinken?", fragt Aron. In seinen Augen glänzt die Hoffnung, dass Mathilda noch nicht geht.

Mathilda sieht auf ihre Hände, dann zu ihm. „Ja, warum nicht."

Auf dem Weg in die Küche zieht sie ihre Jacke aus und hängt sie an die Garderobe im Flur. Die Küche ist aufgeräumt, Geschirr, das schon abgewaschen wurde, steht auf dem Abtropfbecken. Sie lächelt, als sie das sieht. Aron hasst es, Geschirr abzutrocknen, deshalb spült er es immer ab und lässt es eine Weile zum Trocknen stehen.

Sie setzen sich an den Holztisch.

„Willst du ein Glas?", fragt Aron sie.

Mathilda lacht. „Nein, danke! So vornehm bin ich dann auch wieder nicht."

Er grinst sie an und hebt seine Flasche. „Ein letztes Mal?", fragt er und meint damit eigentlich, dass das ihr letzter Drink für den Tag ist, aber als er es ausspricht, bemerkt er, dass sein Toast auch eine andere Bedeutung haben kann.

Mathilda sieht ihn traurig an. „Prost."

Sie trinken einen Schluck und stellen die Flaschen zurück auf den Tisch. Eine ganze Zeit lang sagen sie nichts und lauschen dem Ticken der Küchenuhr über ihnen.

„Du fehlst mir, Mathilda", sagt Aron nach ein paar Minuten. Er sagt es so leise, dass sie ihn kaum verstehen kann. „Ich hab's immer noch nicht richtig verstanden, wenn ich ehrlich bin. Was habe ich falsch gemacht?"

Mathilda hat das Gefühl zu ersticken. Sie kann an dem Kloß in ihrem Hals nicht vorbeischlucken. „Du hast nichts..." Als sie diesen Satz anfängt, weiß sie, dass er falsch ist. In ihren Augen hat er tatsächlich Fehler gemacht, die falschen Entscheidungen getroffen. „Es liegt *nicht nur* an dir", sagt sie.

„Mit dem ersten Freund bleibt man nicht zusammen, oder? Ist es das?", fragt Aron und in seinen Augen liegt so etwas wie Hoffnung. Denn, wenn sie das jetzt bestätigt, dann liegt es nicht an ihm als Person.

„Das ist es nicht", sagt Mathilda und knibbelt an dem Etikett der Bierflasche.

Aron schüttelt kaum merklich den Kopf. Er versteht nicht, warum sie es nicht erklären kann.

„Es ist... Aron, du hast nie einen Plan im Leben", sagt Mathilda und hasst sich dafür, wie sie klingt. „Ich habe dich am Anfang dafür bewundert, dass du immer noch so... dass du denkst, das Leben bietet dir tausend Möglichkeiten." Sie sieht ihn an und er erwidert ihren Blick. „Du hattest tatsächlich tausend Möglichkeiten, aber nie nimmst du was in die Hand. Ich will das nicht vom Leben, ich will Pläne machen, ich will vorankommen."

„Was heißt vorankommen?", fragt Aron.

„Wir sind keine Kinder mehr", sagt Mathilda darauf.

„Und was heißt das?", fragt er.

Mathilda sieht die Verzweiflung in seinen Augen. „Dieser Job, den du jetzt hast, das ist absolut unter deinem Niveau und damit will ich Toni und seine Eltern nicht angreifen. Professor Huber hat dir eine Stelle an der Uni angeboten, Aron. Meine Mutter hat dir angeboten, dass du im Verlag arbeiten kannst. Meine Mutter hat dir außerdem tausend Mal angeboten, dass du deine Sachen veröffentlichen kannst. Du entscheidest dich nie. Du wartest immer so lange, bis es zu spät ist."

Aron senkt den Kopf, dann lehnt er sich in seinem Stuhl zurück. „Was hat das mit unserer Beziehung zu tun?"

„Merkst du das nicht?", fragt Mathilda. „Ich baue mir gerade etwas eigenes auf, ich stehe bald auf eigenen Füßen. Du bist immer noch so, wie du mit Anfang 20 warst. Du treibst dich draußen rum, du hast den Kopf immer noch in den Wolken."

„Ich würde dich nie betrügen", sagt Aron.

„Ich weiß. Das meine ich auch nicht, wenn ich sage, dass du dich draußen rumtreibst. Ich meine damit, dass du keine Verantwortung für dein Leben übernimmst. Erinnerst du dich noch daran, dass du am Anfang gesagt hast, du willst mit Toni verreisen?" Sie will ihn nicht verletzen. „Ihr habt diese Reise nie gemacht."

Aron sieht sie aus trüben Augen heraus an. „Ich wollte nicht so lange von dir getrennt sein", sagt er, weiß aber auch, dass das etwas mehr eine Ausrede als die Wahrheit ist. Er ist wirklich nicht gerne von Mathilda getrennt gewesen, aber er hatte diese Reise mit Toni nie in Angriff genommen und letztendlich war Toni noch einmal ohne ihn losgezogen.

„Darf ich dir eine Frage stellen, Aron?", fragt Mathilda.

„Ja."

„Was willst du vom Leben? Willst du keine vernünftige Arbeit? Willst du keine größere Wohnung? Willst du Kinder? Willst du Familie? Wir haben immer davon gesprochen, als würde das alles in einem anderen Leben passieren, Aron, aber wir haben nur diese eine Chance." Mathilda hält sich an ihrer Bierflasche fest.

Aron schließt die Augen. Zuerst scheint es nicht, als würde er darauf antworten, dann fährt er sich mit der Hand über das Gesicht.

Mathilda sieht, dass ihm das wehtut, dass er sich hilflos fühlt. Sie kennt seine Geschichte, er weiß, dass er nie ein richtiges Vorbild hatte, es hat ihm nie jemand den Weg gezeigt. Sein Vater hat ihn gedrängt, ein erfolgreicher Mann zu werden, aber er hat seinen Sohn nicht gefragt, was er überhaupt will. Mathilda ist sich sicher, dass sie gerade der erste Mensch ist, der ihm diese Frage gestellt hat. Er tut ihr so leid, dass sie am liebsten in Tränen ausbrechen würde.

„Erinnere dich doch an die letzten Monate, in denen wir zusammen waren. Wir haben kaum noch Zeit miteinander verbracht. Wir waren immer nur voneinander enttäuscht. Ich will nicht, dass wir uns am Ende hassen, Aron. Dafür war es zu schön mit dir", sagt sie.

Aron weiß, dass, wenn er jetzt etwas sagt, seine Stimme den Worten nicht standhalten würde. Er kämpft mit sich, er kämpft gegen seine Gefühle. Er hat mit Toni darüber gesprochen, Toni hat ihm immer wieder gesagt, er müsse sich um Mathilda bemühen, aber er wusste nicht, wie. Wenn sie Zeit miteinander verbracht haben, hat Mathilda ihn immer häufiger kritisiert. Sie hat kaum noch gelacht.

Mathilda sieht auf die Tischplatte vor sich. Auf das Stück zwischen der Tischkante und ihrer Bierflasche. Sie war sich eine ganze Zeit lang sicher, in Aron den Mann fürs Leben gefunden zu haben. Sie konnte sich ein Leben ohne ihn nicht vorstellen und jetzt sitzen sie hier, in ihrer kaputten Beziehung mit zwei Bierflaschen und stoßen auf ihr Ende an. Sie kann die Ironie kaum ertragen.

„Dich", sagt Aron plötzlich und Mathilda erschrickt vor seiner Stimme. Sie hat nicht damit gerechnet, dass er etwas sagen würde.

Fragend sieht sie ihn an.

„Ich wollte nur dich vom Leben, Mathilda."

Sie sieht die Tränen in seinen Augen.

„Ich wollte dich nie verletzen. Ich habe seit Monaten Angst, dass du gehst. Ich kann dich sogar verstehen. Es ist nur schwer, das zu begreifen." Lautlos fällt eine Träne aus seinem rechten Auge auf die Tischplatte. Eilig wischt er sich mit dem Ärmel über das Gesicht. „Ich weiß, dass es zu spät ist."

Kapitel 16

Es fing nach vier Jahren an. Es fing damit an, dass Aron das Angebot seines Professors an der Uni abgelehnt hatte. Es war Mathilda nicht einmal direkt aufgefallen, nachdem Aron ihr erzählt hatte, dass er sich gegen das Angebot von Professor Huber entschieden hatte; zum ersten Mal dachte sie über Arons unstete Art nach, als sie bei ihren Eltern waren und sie die Reaktion ihres Vaters darauf sah, dass Aron nicht an die Uni wollte. Ihre Mutter hatte wieder davon gesprochen, wie begeistert sie von Arons Arbeiten war. Er hatte ihr an Weihnachten im vorigen Jahr eine Erzählung geschenkt, die er selbst geschrieben hatte. Er war sogar zu einer Druckerei gegangen und hatte sein Manuskript binden lassen. Mathildas Mutter war so begeistert, dass sie es sofort im Verlag vorstellen wollte, aber Aron hatte nie direkt zugestimmt.

Es war der Blick ihres Vaters, der ihr nicht mehr aus dem Kopf gegangen war. Plötzlich achtete sie auf Arons Verhalten. Ihr fiel auf, dass er häufig Sachen herumliegen ließ, die sie dann wegräumte, ihr fiel auf, dass er nie die Wäsche machte, dass er die Wohnung nur halbherzig sauber hielt. Aber dabei ging es um viel mehr als um die Arbeit im Haushalt; sie spürte das Auseinanderdriften ihrer Vorstellungen vom Leben. Wie wenn man ein Propellerblatt vom Ahornbaum in den Wind hält und es in eine Richtung segelt, die man nicht erwartet hat. An einem Donnerstagabend sprach sie Aron noch einmal auf das Angebot von Professor Huber an.

Sie saß gerade am Küchentisch und prüfte ein Manuskript eines Autoren, der im Verlag aufgenommen worden war. Aron stand an der Arbeitsplatte und aß einen Apfel.

„Wie hat Professor Huber eigentlich auf deine Absage reagiert?", fragte sie ihn und sah dabei erst einmal nicht von ihrem Laptop auf.

Aron runzelte die Stirn. „Wie kommst du denn jetzt da drauf?"

Sie zuckte die Achseln. „Was hast du ihm eigentlich für einen Grund genannt?"

Aron ging zum Küchentisch, zog einen Stuhl zurück und setzte sich. „Ich habe keinen direkten Grund genannt."

Jetzt blickte Mathilda von ihrem Laptop auf. „Aber irgendwie musst du das doch begründet haben."

„Ich habe ihm gesagt, dass ich an was anderem dran bin", sagte Aron, mied aber ihren Blick.

„Und? Bist du an etwas anderem dran?", fragte Mathilda.

Er lachte. „Was bist du denn jetzt so?"

„Wie bin ich denn?", fragte Mathilda.

„Du klingst so eingeschnappt", sagte er und drehte den Apfel zwischen seinen Fingern.

„Ich bin nicht eingeschnappt", erwiderte Mathilda. „Ich hab mich nur gefragt, was du als nächstes machen willst."

Aron antwortete nicht.

„Ich meine, die Wohnung hier bezahlt sich auch nicht von selbst", fügte Mathilda hinzu.

„Daddy zahlt", sagte Aron mit einem schelmischen Ausdruck in den Augen.

„Willst du dauernd auf die Kosten deines Vaters leben?", fragte Mathilda, ein wenig entrüstet über seine Antwort.

„Das war ein Witz", sagte Aron.

„Dein Daddy zahlt aber deinen Anteil der Miete", sagte sie.

Aron lachte auf und hob die Augenbrauen. „Echt jetzt?"

„Du bist seit zwei Monaten mit der Uni fertig." Mathilda klappte den Laptop zu.

„Ja, ich weiß. Ich weiß aber noch nicht genau, was ich machen will", sagte Aron.

„Hast du über das Angebot meiner Mutter nachgedacht?", fragte Mathilda ihn.

Aron seufzte.

„Was?", fragte sie.

„Ich weiß, dass dein Vater nicht begeistert davon ist, dass ich nichts mache", sagte er.

Das überraschte Mathilda. Sie hatte nicht gewusst, dass Aron seine Reaktion bemerkt hatte.

„Aber warum machst du nichts? Du hilfst ab und zu bei Tonis Eltern aus, aber das ist doch nichts richtiges", sagte sie.

„Vielleicht steige ich da eines Tages ein und übernehme das Ding mit Toni", sagte Aron und grinste sie an.

„Ist das dein Ernst?", fragte Mathilda.

Er zuckte mit den Schultern. „Warum nicht?"

„Vielleicht... eines Tages... Von dir kommt nie was Handfestes", warf sie ihm vor.

„Kannst du mir mal erklären, warum wir dieses Gespräch gerade führen?", fragte Aron nach einer kurzen Pause.

„Weil ich nicht verstehen kann, wie man sein Talent so verschwenden kann", sagte sie.

Aron sah sie erst mit unergründlicher Miene an, dann grinste er frech. Er legte seinen Apfel auf den Tisch und zog Mathildas Stuhl zu sich heran. Behutsam griff er nach ihrem Kinn und fuhr mit seinem Daumen über ihre Lippe. „Ich finde ja, ich verschwende mein Talent nicht." Er legte ihr seine Lippen auf den Mund.

Mathilda war jedes Mal von seiner Zärtlichkeit überrascht. Selbst, wenn sie dieses Thema vertiefen wollte, ihre

Gedanken fuhren Karussell. Sie spürte nur noch seine warmen, weichen Lippen auf ihren, seine Hände, die sich in ihren Nacken legten und sie zu ihm zogen. Sie wollte nichts anderes, als sich seinen Berührungen hingeben und die Welt vergessen.

Irgendwann fingen sie an, sich über Arons Zukunft zu streiten, sodass sie das Thema bald aussparten. Aron arbeitete häufiger bei Tonis Eltern; er verließ morgens früh die Wohnung und kam abends erst spät nach Hause. An seinem Geburtstag kochte Mathilda für ihn. Sie war einkaufen gegangen, hatte alle Zutaten für sein Lieblingsessen gekauft, einen teuren Wein ausgesucht und den Tisch im Wohnzimmer gedeckt. Sie stand lange am Herd, packte seine Geschenke ein und drapierte sie auf dem Tisch. Aron wollte gegen sieben zuhause sein, um halb acht guckte sie zum ersten Mal aufs Handy. Er hatte sie nicht angerufen und ihr keine Nachricht hinterlassen. Sie fragte ihn über Whatsapp, wann er nach Hause kommen würde. Um neun hatte sie noch immer keine Antwort. Sie hatte das Essen in den Ofen gestellt, damit es warm blieb, hatte sich auf die Couch gesetzt und eine Serie geguckt. Immer wieder war ihr Blick zu dem gedeckten Tisch gewandert.

Aron kam gegen Mitternacht. Mathilda hatte den Ofen längst ausgestellt, das Essen auf zwei Teller verteilt, mit Alufolie abgedeckt und in den Kühlschrank gestellt. Sie war ins Bett gegangen und lag mit offenen Augen da, als sie die Wohnungstür hörte. Sie hörte Arons Schlüssel, hörte, dass er Jacke und Schuhe auszog und ins Bad ging. Dann hörte sie, dass er die Toilettenspülung betätigte und den Wasserhahn an- und ausstellte. Er öffnete vorsichtig die Schlafzimmertür, damit er sie nicht weckte. Mathilda tat, als würde sie schlafen und wartete, bis er neben ihr im Bett lag.

„Ich bin noch wach", sagte sie in die Dunkelheit hinein.

Aron sagte nicht direkt etwas dazu. „Ich hab deine Nachrichten nicht gesehen."

„Wir waren verabredet. Heute ist dein Geburtstag", sagte sie.

Aron schwieg.

„Wo warst du?", fragte Mathilda, obwohl sie so eine Freundin nie sein wollte. Sie wollte ihm nicht auf die Pelle rücken, nichts aus ihm herausdrängen, aber sie verstand nicht, weshalb er nicht dagewesen war.

„Toni hat mich mit den Jungs überrascht", sagte Aron nur.

„Und da hättest du mir nicht Bescheid sagen können?", fragte sie ihn. Sie wusste, dass er ihr nicht hatte Bescheid geben wollen. Immer, wenn sie Zeit miteinander verbrachten, stritten sie sich. Es gab kaum noch Momente, in denen es sich leicht zwischen ihnen anfühlte.

Sie sagten so lange nichts, dass Mathilda schon dachte, er wäre eingeschlafen. Dann spürte sie, wie seine Hand nach ihrer tastete und er seine Finger um ihre schloss. Sie spürte eine unendliche Traurigkeit von ihm ausgehen, die sie sich nicht erklären konnte. Sie verstand nicht, warum sie nicht ehrlich miteinander sprechen konnten, sie hatte immer das Gefühl, dass er etwas verbarg.

„Es tut mir leid", sagte er und sie erkannte, dass er es ernst meinte. Er drehte sich auf die Seite und berührte mit seinen Lippen ihre Wange. Mathilda war froh, dass sich die Träne, die aus ihrem Auge lief, für die andere Wange entschieden hatte.

Ihre täglichen Diskussionen rissen nicht ab. Sie stritten sich mittlerweile über Kleinigkeiten und es kam immer häufiger vor, dass sie sich aus dem Weg gingen. Mathilda verbrachte viel Zeit bei Marie und Alina, Aron kam nachts manchmal nicht nach Hause und schlief auf Tonis Sofa. Als sie gemeinsam zu einem Geburtstag eingeladen waren, verhielten sie sich auf der Party so, als würden sie sich überhaupt nicht kennen. Aron gab Mathilda das Gefühl, dass er mit seinen Freunden viel mehr Spaß hatte als mit ihr und auch wenn sie am Anfang so tat, als würde ihr das nichts ausmachen, brauchte sie nach ein paar Stunden frische Luft und ging auf den Balkon der Wohnung, in der sie feierten.

„Ist dir nicht kalt?" Aron war hinter ihr aufgetaucht und steckte seine Hände in seine Hosentaschen.

Mathilda schüttelte den Kopf. „Was passiert da drinnen, Aron? Merkst du nicht, wie wir uns verhalten?"

Aron legte den Kopf in den Nacken und schaute hinauf in den Sternenhimmel. Der Mond stand genau über ihnen und erhellte die Dächer um sie herum.

„Willst du mich eifersüchtig machen? Willst du mir zeigen, wie gut du ohne mich zurechtkommst?", fragte Mathilda ihn.

Aron schüttelte den Kopf. „Ich will, dass du mich endlich mal wieder ansiehst, Mathilda. Dass du mich vermisst."

Mathilda lachte auf. „Das ist eine unglaublich bescheuerte Art, das zu erreichen."

„Ich habe das Gefühl, dass du meilenweit von mir entfernt bist. Ich sehe dich nicht mehr", sagte er.

„Ich stehe vor dir, Aron." Aber indem sie das sagte, begriff sie, was er meinte. Er erkannte sie nicht mehr. Sie glitt ihm durch die Finger wie Sand.

„Ich vermisse dich auch, wenn du nicht diese Scheiß-Show hier abziehst", sagte sie leise.

„Wirklich?", fragte er.

Sie nickte, wandte sich von ihm ab und stützte sich auf das Geländer des Balkons. Aron stand hilflos neben ihr. Er wagte den Versuch, sich ihr zu nähern, indem er seinen Arm um ihre Schultern legte und seinen Mund an ihr Ohr drückte.

„Lass uns nach Hause gehen", sagte er.

Mathilda drehte sich zu ihm um und runzelte die Stirn. „Du willst nach Hause?"

„Ich will Zeit mit dir alleine verbringen. Ich glaube, dass uns das fehlt."

In dem Moment ging die Balkontür auf und Marie rief nach ihr. Sie hatte eine Flasche Schnaps in der Hand und winkte sie zu sich.

„Ich komme gleich", rief sie Marie zu, die wieder die Tür schloss.

Aron sah sie erwartungsvoll an.

Sie nahmen die Bahn um Mitternacht, setzten sich auf eine Sitzbank und sagten nichts. Plötzlich war es seltsam, miteinander allein zu sein. Es fühlte sich ungewohnt an. Ein bisschen wie Heimweh.

Als Aron die Wohnungstür aufschloss und Mathilda vorbeigehen ließ, nahm er ihre Hand. Sie standen voreinander, nur wenige Zentimeter zwischen ihnen. Sie sah alles in seinem Blick, was sie liebte. Aron legte seine Hand in ihren Nacken und zog ihren Kopf zu sich heran. Er küsste sie mit einem unbändigen Verlangen, schob sie an die Wand und drückte sich an sie. Es war Ewigkeiten her, dass sie sich so geküsst hatten. Mathilda stöhnte zwischen seinen Küssen und umklammerte seinen Nacken mit ihren Händen. Er hob sie hoch, trug sie durch den Flur ins Schlafzimmer. Mathilda zog an seinem T-Shirt, Aron öffnete die Knöpfe ihrer Bluse. Sie fielen wie Verhungernde übereinander her,. Mathilda spürte seine Küsse überall, sie hatte das Gefühl zu schweben, zu fliegen. Kilometerweit über dem Erdboden.

Sie legten sich unter die Decke, Aron sah sie fragend an, dann legte er sich zwischen ihre Beine. Er küsste sie wieder und wieder. Mathilda spürte, dass er angespannt war. Sie hörte das Quietschen der Scharniere des Kettenkarussells in seinem Kopf. Nach einer Weile legte er seinen Kopf auf ihre Brust, zu verschämt, um ihr in die Augen zu sehen.

„Ist schon okay", flüsterte Mathilda. Sie streichelte seinen Kopf.

Aron spürte, wie es ihm die Luft nahm. Er hatte seine Freundin noch nie so sehr begehrt wie heute Nacht, war aber nicht im Stande, mit ihr zu schlafen. Zu diesem Zeitpunkt wusste er schon, dass es nicht mehr lange dauern würde, bis Mathilda ihn verlassen würde. Es war das letzte Mal, dass sie sich nah waren.

Kapitel 17

Mathilda setzt die Bierflasche ab und stützt ihren Kopf auf ihren Arm. Aron hofft darauf, dass sie ihn ansieht.

„Wie geht es jetzt weiter?", fragt er sie.

Mathilda schürzt die Lippen. „Ich hol in den nächsten Tagen meine Sachen. Ich habe schon ein paar Mal im Internet geguckt, ob ich eine passende Wohnung finde. Es ist alles zu teuer oder zu schäbig."

Aron nickt. „Es hat keine Eile."

Doch, hat es. Das ist es, was Mathilda in diesem Moment sagen will. Sie erträgt es nicht länger in dieser Schwebe. Sie erträgt es nicht, ihn wiederzusehen.

Aron liest ihre Gedanken. „Du weißt, dass mir die Hälfte des Bücherschranks gehört, oder?", sagt er und versucht sich an einem Grinsen.

„Von wegen." Mathilda lacht ein müdes Lachen. „Das sind alles meine Bücher."

„Unsinn." Aron schüttelt den Kopf. „Ich habe mehr davon gelesen als du."

„Du liest Bücher nicht, du überfliegst sie", sagt Mathilda.

„Und trotzdem kann ich dir jedes dieser Bücher zusammenfassen, die im Wohnzimmer in diesem Schrank stehen", sagt er.

„Du kannst dir genauso gut bei Wikipedia die Inhaltsangaben durchlesen", sagt sie.

„Man soll Wikipedia keinen Glauben schenken. Das ist ein ungeschriebenes Gesetz." Aron trinkt aus seiner Flasche.

Mathilda hebt nur die Augenbrauen.

„Außerdem ist es etwas anderes, die Worte des Autoren direkt zu lesen oder zu lesen, was jemand anderes über die Worte des Autoren schreibt." Aron sieht Mathilda an, als hätte er gerade etwas sehr Kluges gesagt.

„Ich hab's immer geliebt, wenn du mir vorgelesen hast", sagt sie und lächelt.

Er erwidert ihr Lächeln.

„Wir müssen tatsächlich die Sachen durchgehen. Allein hier in der Küche gehört die Hälfte gefühlt mir und die andere Hälfte dir", sagt Mathilda und sieht sich um.

„Ich brauch nicht so viel", sagt Aron mit einer wegwerfenden Handbewegung.

„Ich lasse Sachen von Paula mitgehen, die ich brauchen könnte", sagt sie und denkt tatsächlich darüber nach.

„Wie ist es eigentlich so, mit ihr zusammenzuwohnen?",
fragt Aron. Er ist froh, dass sie das Thema gewechselt haben.

„Du kennst Paula und ihr Drama", sagt Mathilda. „Aber
eigentlich ist es ganz gut. Wir haben in den letzten Jahren
nicht viel Zeit zusammen verbracht. Seit sie den neuen Job
hat, ist sie sowieso erträglicher geworden."

Aron nickt.

Mathilda trinkt ihre Bierflasche leer und schiebt sie in die
Mitte des Tisches. „Ich schätze, jetzt gibt es keinen Grund,
noch länger zu bleiben."

Aron sieht die Bierflasche an und nickt langsam. „Ich
weiß."

„Du sollst dich wegen mir nicht verbiegen, Aron", sagt sie.

Er nickt wieder. „Ich kann dir gar nicht beschreiben, wie
ich mich momentan fühle. Ich habe das Gefühl, ich bin unter
Wasser gefangen. Ich bin untergetaucht, ohne darauf
vorbereitet gewesen zu sein und jetzt versuche ich die ganze
Zeit, zurück an die Wasseroberfläche zu kommen, aber ich
komme nicht vorwärts und die Luft wird immer dünner."

Mathilda legt den Kopf schief. „Du und ich – das war..."
Ihr fehlen die Worte um auszudrücken, wie viel ihr die
Verbindung zu Aron bedeutet.

Aron sieht zu ihr. Er liebt ihr Gesicht, ihre Augen, vor
allem ihre Augen. Er hat noch nie solche Augen gesehen.
Wenn Mathilda lacht, dann vor allem mit ihren Augen. In ihr
findet er sein Zuhause, seine Heimat.

„Es ist gerade unerträglich für mich, mir vorzustellen, dass du einen anderen haben könntest", sagt er, weil ihm dieser Gedanke durch den Kopf schießt.

Mathilda beißt sich auf die Unterlippe.

„Ich will der einzige bleiben. So egoistisch das ist", sagt er. Sie lächelt und greift über dem Tisch nach seiner Hand. „Ich finde das nicht egoistisch."

Er weicht ihrem Blick aus, weil er sie nicht angucken kann.

„Ich will mir auch nicht vorstellen, dass du eine andere Frau hast." Mathilda lacht, als sie das sagt, aber ihr Lachen klang niemals weniger amüsiert.

„Weißt du noch, wie schlimm wir es fanden, als Toni und Karla sich getrennt haben und Toni zum ersten Mal mit einem anderen Mädel zu uns kam?", fragt Aron.

„Wir haben die ganze Nacht über sie gelästert", erinnert sich Mathilda.

Aron grinst. Er streicht mit seinen Fingern über Mathildas Hand. Er will niemals eine andere Hand halten als ihre.

„Am Ende war sie doch ganz nett", sagt Mathilda, weil sie Luna mittlerweile beide mögen.

Es vergehen ein paar Minuten, in denen sie nichts sagen. Dann drückt Aron ihre Hand. „Würde es etwas für dich ändern, wenn ich einen festen Job hab? Nicht bei Tonis Eltern, sondern etwas anderes? Wenn ich meinen Schreibkram veröffentliche?"

Mathilda sieht das Flehen in seinem Blick. Es reicht ihr nicht und sie weiß nicht, wie sie es ihm sagen soll. „Ich will dich nicht drängen, Aron. Du sollst das machen, weil du es willst, nicht weil ich es von dir verlange. Wir leben unsere Leben einfach anders."

„Es ist endgültig für dich, oder?" Er drückt ihre Hand noch fester. Sobald er die Frage ausgesprochen hat, weiß er, dass er die Antwort nicht ertragen wird.

Kapitel 18

Es gab Momente, in denen es mit ihnen wieder besser war. In denen sie sich wieder gut verstanden und die Zeit zusammen genossen. Das letzte Mal, als das so war, gingen sie gemeinsam einkaufen. Sie luden ihren Einkaufswagen voll, arbeiteten die Einkaufsliste ab, die Mathilda geschrieben hatte. Aron hatte sie damit aufgezogen, weil er nichts von Einkaufslisten hielt.

Sie verbrachten eine Ewigkeit im Supermarkt. Nachdem sie bezahlt hatten, fiel ihnen auf, dass sie keine Tüten dabei hatten. Aron bestand darauf, die Einkäufe mit dem Einkaufswagen nach Hause zu fahren. Sie waren mit der Bahn zum Supermarkt gefahren, jetzt liefen sie den Weg zu Fuß zurück. Es war schon dunkel, es waren die ersten kalten Tage des Jahres. Aron schob den Einkaufswagen, Mathilda ging neben ihm her. Die Passanten, die ihnen entgegenkamen, sahen sie schräg an.

„Wir könnten den Einkaufswagen als Deko in unser Wohnzimmer stellen", schlug Aron vor. Die Straße ging gerade ein Stück bergab und er stellte sich auf die kleine Stange oberhalb der Räder und ließ den Wagen rollen.

„Dieser Einkaufswagen kommt sicher nicht in unser Wohnzimmer", sagte Mathilda lachend.

„Kennst du jemanden, der einen Einkaufswagen im Wohnzimmer hat?", fragte Aron sie.

„Nein und ich glaube, dass es einen guten Grund dafür gibt."

Aron lachte.

Als sie vor ihrem Haus angekommen waren, wartete Mathilda mit dem Einkaufswagen vor der Haustür und Aron holte zwei Tüten. Sie luden die Einkäufe in die Tüten und schoben den Einkaufswagen in den Hausflur.

„Wir bringen den zurück, sobald wir die Sachen eingeräumt haben", sagte Mathilda.

Aron grinste sie nur an.

Nach einer Viertelstunde schoben sie den Einkaufswagen wieder auf den Bürgersteig. Sie liefen den Weg zum Supermarkt zurück. An einer Ampel stupste Aron Mathilda an.

„Setz dich rein, ich schiebe dich", sagte er.

„Vergiss es."

„Komm schon, sei kein Spielverderber", sagte er.

„Du bist so ein Kindskopf, Aron." Mathilda verdrehte die Augen.

Aron packte sie von hinten, hob sie hoch und setzte sie im Einkaufswagen ab. Er hielt den Wagen gerade noch davon ab, umzukippen.

Als die Ampel grün wurde, beschwerte Mathilda sich nicht mehr, geschoben zu werden. Sie lachte Aron aus, als er Schwierigkeiten hatte, den Wagen mit ihr zu steuern. Aron machte einen kleinen Umweg und schob Mathilda durch einen Park. Er wusste, dass es eine Stelle gab, an der der Weg abschüssig war. Als Mathilda erkannte, was er vorhatte, protestierte sie. Aber Aron ließ sich von seinem Plan nicht abbringen. Er schob Mathilda den Abhang hinauf, küsste sie, als sie oben angekommen waren, und stellte sich auf die kleine Stange oberhalb der Räder. Der Einkaufswagen nahm Geschwindigkeit auf, Mathilda schrie, Aron jubelte. Nach dem ersten Mal wollte Mathilda noch ein zweites Mal. Am Ende verbrachten sie eineinhalb Stunden in dem Park, bevor sie den Wagen zurückbrachten.

Als sie in der Bahn zurück zu ihrer Wohnung saßen, hatte Mathilda seine Hand genommen und ihren Kopf auf seine Schulter gelegt. „Ich liebe deine Art", hatte sie leise gesagt.

Aron hatte gegrinst, aber auch daran gedacht, wie schwierig es immer mal wieder zwischen ihnen war, und zwar wegen seiner Art. Weil Mathilda mit dieser Art, die ihn ausmachte, Spaß haben konnte, die sich aber nicht für das richtige Leben zu eignen schien. Immer häufiger machte er sich Gedanken darüber, dass Mathilda etwas anderes vom Leben wollte als er. Dass sie jemand anderen an ihrer Seite wollte als ihn. Jemanden, auf den sie sich verlassen konnte. Jemanden, der wusste, wohin es gehen sollte. Jemand, der Pläne machte, der eben nicht mit dem Einkaufswagen abschüssige Wege in Parks hinunterfuhr.

Immer häufiger blieb Aron wach und lauschte Mathildas Atem. Etwas in ihm sagte ihm, dass er nicht mehr lange die Möglichkeit haben würde, neben ihr zu liegen und sie atmen zu hören. Etwas in ihm wusste, lange bevor Mathilda den Schritt schließlich ging, dass sie nicht mehr lange ein Paar sein würden. Was so einzigartig begonnen hatte, was begonnen hatte wie ein Märchen, würde enden.

Es war nicht so, dass Aron nicht um Mathilda kämpfte. Er tat es nur eben wieder auf seine eigene Art. Lange sprach er mit Toni über seine Beziehung mit ihr, Toni sagte ihm immer wieder, er müsse aufpassen, er müsse sie zurückgewinnen. Schließlich nahm Aron *Vom Ende der Einsamkeit* aus dem Schrank im Wohnzimmer und blätterte es durch. Erst ohne Sinn und Verstand, dann blätterte er ganz nach vorne zur ersten Seite und fing an, das Buch zu lesen. Die ganze Nacht saß er im Wohnzimmer und las. Mathilda war mit Marie und Alina unterwegs, weil Alina Geburtstag hatte und sie bei Marie schlafen würden. Schließlich schlug er das Buch zu, drehte es um, überflog den Klappentext. Er hatte nach einem Satz gesucht, den er hätte unterstreichen können, der ihm Mathilda zurückgebracht hätte. Der sie zum

Lachen gebracht hätte wie damals. Er stellte das Buch zurück in den Schrank, legte sich auf das Sofa und schlief ein.

Mathilda deckte ihn am nächsten Morgen, als sie nach Hause kam, zu. Sie kochte ihm einen Kaffee und stellte einen Becher auf den Couchtisch. Sie sah ihm eine Weile zu, wie er schlief. Eine Kollegin ihrer Mutter, so hatte sie am Abend erfahren, hatte ihr angeboten, ihr bei der Gründung ihres Verlags zu helfen. Das wollte sie Aron erzählen. Sie wollte ihm davon erzählen und wiederum wollte sie es für sich behalten. Es war nur ein weiterer Schritt, der sie in unterschiedliche Richtungen trieb.

Zwei Wochen später trennte sich Mathilda von ihm.

Kapitel 19

61 Tage später steht Mathilda vom Küchentisch auf. Arons Hand, die sie losgelassen hat, liegt auf dem Tisch. Sie stellt ihre Bierflasche an den Mülleimer und dreht sich zu ihm um. „Ich geh noch schnell ins Bad, ja?"

Er sieht sie nur an.

Mathilda verlässt die Küche, geht durch den Flur und öffnet die Tür zum Badezimmer. Sie tritt ein und schließt die Tür hinter sich, dann stützt sie ihre Arme auf das Waschbecken. Im Spiegel sieht sie ihr Gesicht. Manchmal erschreckt sie sich vor ihren blonden Haaren. Sie hatte sich die Haare gefärbt, weil sie etwas Neues ausprobieren wollte. Weil sie eine Veränderung brauchte. Wahrscheinlich sah sie in dem Versuch, ihre Frisur zu ändern, eine Möglichkeit,

Aron in ihrem Leben zu behalten. Aber eine andere Haarlänge und -farbe ändern nichts.

Sie stellt den Wasserhahn an, hält ihre Hände unter das kalte Wasser. Sie lässt den Wasserstrahl über ihre Handgelenke laufen, dabei sieht sie wieder in den Spiegel. Wenn sie das nächste Mal herkommt, wird es das letzte Mal sein. Sie wird Jonas fragen, ob er ihr seinen Transporter leiht. Dann wird sie mit ihrem Bruder und Paula die Kartons aus der Wohnung tragen. Vielleicht bieten ihre Eltern auch an, ihr zu helfen, aber sie will eigentlich nicht, dass es so ein großes Ding wird. Sie will nicht, dass Aron dann in der Wohnung ist. Sie will nicht, dass er sieht, wie sie auszieht. Sie will es ja selbst nicht sehen.

Als sie das Wasser ausstellt, fällt ihr Blick auf Arons Parfum. Sie hat es ihm ganz am Anfang geschenkt und seitdem hat er es sich jedes Jahr zum Geburtstag oder zu Weihnachten gewünscht. Sie nimmt den Flacon in die Hand und dreht den Deckel ab, dann riecht sie am Sprühkopf. Mit dem Geruch des Parfums strömen unzählige Erinnerungen in ihren Kopf und durch ihren Körper. Sie sieht Aron, wie er ihr die Tür aufhält und dabei lächelt, wie er sie auf seinen Schoß zieht und sie auf die Wange küsst. Sie sieht ihn bei einem Spaziergang an einem Sonntag. Aron hatte ihre Hand kein einziges Mal losgelassen. In jeder Erinnerung lacht er, in jeder Erinnerung strahlen seine Augen. Sie sieht ihn, wie er mit seiner Skibrille auf einer Alm in Österreich sitzt und ihr mit seinem Bierglas zuprostet, sie sieht ihn, wie er ihren

Bruder mit Schneebällen attackiert. Wie er im Sommer auf Mallorca am Strand sitzt, in einem Liegestuhl in seiner schwarzen Badehose mit einem Buch auf dem Bauch. Er hatte die Augen geschlossen, er hatte Sonnencreme auf der Schulter, die er vergessen hatte zu verreiben. Sie sieht ihn im Park mit Paulas Bulldogge, wie er Stöckchen wirft und mit dem Hund auf der Wiese herumtollt. Sie sieht ihn, wie er in Italien vor ihr mit dem Fahrrad fährt, ein Eis in der Hand. Seine Kappe falsch herum auf dem Kopf, weiße Tennissocken in seinen Adiletten. Mathilda hatte ihn den ganzen Tag damit aufgezogen, aber Aron hatte gesagt, dass dieser Style gerade angesagt sei. Dieser Style würde gerade vor allem in der Rapszene angesagt sein. Sie hatte nur belustigt den Kopf geschüttelt. Sie sieht ihn, wie er einen Hot Dog im Central Park isst. Er hatte ihr die Reise zu Weihnachten geschenkt. Es waren die schönsten Tage ihres Lebens gewesen. Sie sieht ihn, wie er an der Reling der Fähre steht, mit der sie an Ellis Island vorbeigefahren sind. Sie hatte ein Foto von ihm gemacht, mit der Freiheitsstatue im Hintergrund. Sie sieht das kleine Muttermal an seinem Auge, die kleine Zahnlücke zwischen den Schneidezähnen. Sie sieht ihn am Steuer des Campers, mit dem sie zwei Wochen durch Kanada gereist waren. Sie sieht ihn mit einer Angel am Ufer des Flusses. Sie sieht ihn, wie er an einem verlassenen Seeufer ein Feuerwerk für sie zündet und in die Nacht schreit, dass er sie liebt.

Und dann erinnert sie sich an den ersten Morgen, an dem sie nebeneinander aufgewacht waren. Als sie die Augen geöffnet hatte, hatte Aron sie angesehen. Er hatte sie angelächelt, sie konnte ihren Blick nicht von seinen Lippen abwenden. Er hatte ihre Wange mit seinem Finger berührt, hatte von ihren Augen auf ihren Mund gesehen.

„Guten Morgen", hatte er leise gesagt.

Sie hatte ihn zur Antwort angelächelt. Dann hatte sie sich vorbeugt und ihre Lippen auf seine gelegt.

Aron hatte seine Arme um sie geschlungen und sie auf sich gezogen. So hatten sie eine Ewigkeit dagelegen, ohne etwas zu sagen. Sie waren einfach nur glücklich gewesen in diesem Moment. Zufrieden mit sich und der Welt.

Mathilda weiß, dass wenn sie sich in all diesen Erinnerungen sehen würde, sie genau das gleiche Strahlen wie Aron im Gesicht hätte.

Als sie aus dem Badezimmer kommt, steht Aron schon im Flur. Er hat das Kleid über den Arm gelegt und lehnt mit dem Kopf am Türrahmen.

Mathilda geht an ihm vorbei, geht zu ihrer Jacke und hebt den Beutel auf, in dem die Weinflasche liegt. Sie nimmt Aron das Kleid ab, faltet es zusammen und legt es zu der Flasche in die Tasche.

Eine Weile stehen sie voreinander.

Aron wartet darauf, dass Mathilda ihn ansieht, aber sie sieht auf ihre Hände. Er wünscht sich, dass sie noch einmal für ihn lacht, denn dann würde er alles dafür tun, um ihr Lachen einzufangen und festzuhalten. Zu oft hat er dieses Lachen als selbstverständlich genommen, zu oft hatte er es versäumt, sie anzusehen, wenn sie lachte. Aber ihm fällt nichts ein, was er sagen könnte, damit sie jetzt lacht.

„Versprich mir, dass du auf dich aufpasst", sagt Mathilda plötzlich.

Aron nickt. „Du auch."

Mathilda will sagen, dass er sich melden soll, wenn etwas ist, aber sie weiß, dass sie nicht mehr seine Ansprechpartnerin ist. „Ich bin nicht böse auf dich oder so", sagt sie.

„Ich weiß, ich will auch nicht, dass wir im Streit auseinander gehen", sagt Aron. Er stützt seinen Arm gegen den Türrahmen und legt seine Stirn an seinen Arm.

„Ich fühle mich auch unter Wasser", sagt sie. „Ich habe immer gedacht, wir finden den Weg zurück an die Oberfläche."

Aron sagt nichts dazu.

Mathilda sieht von ihm zu ihrem Beutel und öffnet ihn noch einmal, um zu überprüfen, ob das Kleid noch drin ist, das sie erst vor ein paar Sekunden dort hineingelegt hat.

„Viel Spaß morgen", sagt Aron und meint es so. Er will damit nicht ausdrücken, dass sie ein schlechtes Gewissen haben soll, weil er nicht dabei ist. Er weiß selbst, dass sie einen Weg finden müssen, wie sie damit umgehen. Und er weiß, dass es ihm schwerer fallen wird als ihr. Nicht, weil Mathildas Gefühle nicht echt waren, sondern weil sie der Mittelpunkt seines Universums war. Er ist sich nicht sicher, ob es Liebe ist, die sie für ihn noch empfindet. Er kann sich nicht vorstellen, dass sie es jetzt sein soll, die sagt, dass Liebe nicht ausreicht. Trotzdem weiß er, dass sie sich nicht getrennt haben, weil die Gefühle nicht mehr ausgereicht haben. Sie haben sich getrennt, weil ihre Leben unterschiedlich waren.

„Danke", sagt sie. „Auch für das Essen."

Er nickt.

Kapitel 20

Mathilda war mit dem Entschluss von der Arbeit nach Hause gekommen, die Beziehung mit Aron zu beenden. Sie war sich sicher, dass er zuhause sein würde. Nachdem sie die Wohnungstüre aufgeschlossen hatte, blieb sie einen Augenblick in der offenen Türe stehen, um zu hören, ob er da war. Seine Schuhe standen im Flur und dann hörte sie eine Schublade im Schlafzimmer, die geschlossen wurde.

Sie stellte ihre Tasche im Flur ab und schloss die Tür hinter sich. Sie zog die Jacke aus und hing sie an die Garderobe. Ihr war schlecht, als sie den Flur durchquerte und die Tür zum Schlafzimmer öffnete.

Aron stand mit dem Rücken zu ihr und drehte sich um, als er ihre Bewegung wahrnahm. Er trug eine schwarze Jogginghose und ein weißes T-Shirt. Er lächelte sie nicht an, als er sie sah, er legte weiter die T-Shirts zusammen, die auf dem Bett lagen.

„Hi", sagte Mathilda und trat ein.

Er beachtete sie nicht.

„Können wir mal miteinander reden?", fragte sie ihn.

Aron schien sie zunächst ignorieren zu wollen, aber nach ein paar Minuten drehte er sich zu ihr um. „Du willst mit mir reden? Du willst dich von mir trennen, Mathilda. Das weiß ich schon."

Mathilda sah ihn flehend an. „Ich möchte vernünftig mit dir darüber sprechen."

„Darüber, dass du dich von mir trennen willst?", fragte Aron. Er nahm die T-Shirts, die er schon zusammengelegt hatte und warf sie auf die Kommode. „Wir müssen nicht darüber reden."

„Komm ins Wohnzimmer, wenn du damit fertig bist", sagte Mathilda müde und deutete auf den kleinen Haufen frischer Wäsche. Dann ließ sie ihn im Schlafzimmer stehen und ging ins Wohnzimmer. Schon als sie sich auf die Couch setzte, konnte sie ihre Tränen nicht mehr zurückhalten. Was war geschehen, dass sie so miteinander sprachen.

Zehn Minuten später kam Aron ins Wohnzimmer und setzte sich neben sie auf die Couch, ohne sie anzusehen. Sie erkannte daran, wie seine Kiefermuskeln arbeiteten, dass er einen Kampf mit sich ausfocht.

„Ich weiß schon lange, dass du gehen wirst", sagte er nach einer Weile. Und als er sie ansah, erschrak Mathilda vor dem Schmerz in seinem Blick.

Sie lehnte sich ein Stück nach vorne, um ihn besser ansehen zu können. Die Tränen auf ihren Wangen waren noch nicht getrocknet. „Was meinst du damit?"

„Ich weiß, dass du nicht mehr glücklich bist. Ich sehe es dir an, wenn wir zusammen sind. Du lachst nicht mehr. Du bist anders zu mir", sagte Aron.

Mathilda war nicht klar, dass es für ihn so deutlich war. „Ich weiß nicht, woran es liegt, Aron."

„Doch, das weißt du. Du denkst, dass ich ein Versager bin. Das stimmt auch..."

„Nein, das stimmt nicht", unterbrach ihn Mathilda.

„Doch, es stimmt!", sagte Aron mit Nachdruck. „Ich krieg nichts auf die Kette, ich hänge nur rum. Ich hätte das Angebot von Huber annehmen müssen, dann hätte ich vielleicht etwas retten können. Dein Vater verachtet mich, er denkt, dass ich nicht gut genug für dich bin und scheiße, er hat recht."

Mathilda machte Anstalten zu protestieren, aber Aron brachte sie mit einer Handbewegung zum Schweigen.

„Ich habe keine Ahnung, warum ich nichts hinkriege. Mir fehlt es an nichts, vielleicht denke ich, dass ich deswegen so durchs Leben komme. Du weißt, dass ich jede Menge Kohle von meinen Eltern in den Arsch gesteckt bekomme, weil sie beschissene Eltern sind. Ich will denen nicht die Schuld dafür geben, dass ich so ein Penner bin."

„Hör auf so über dich zu reden", sagte Mathilda wütend.

„Ich würde dir gerne versprechen, dass ich mich ändern kann, Mathilda, aber ich weiß, dass ich es nicht packe. Ich kann mir mich nicht in einem Büro vorstellen oder als Scheiß-Dozent in der Uni. Siehst du mich da? Wie ich irgendwelchen Idioten etwas über Literatur erzähle?" Er drehte sich zu ihr um. Seine Augen bewegten sich schnell über Mathildas Gesicht, als wartete er sehnsüchtig auf eine Antwort darauf.

Mathilda öffnete den Mund und schloss ihn wieder.

„Du kannst dir das echt vorstellen?", fragte er sie entrüstet.

Sie zuckte mit den Schultern. „Ich glaube, man würde gerne in deine Seminare gehen."

„Schwachsinn!" Er schüttelte den Kopf und fuhr sich mit der Hand über das Gesicht. „Mathilda, du setzt mich unter Druck. Ich kriege keine Luft mehr."

„Was mache ich denn?", rief Mathilda.

„Du zeigst mir, wie man sich ein Leben aufbaut. Du gründest gerade deinen eigenen Verlag. Ich klebe dir am Arsch und steh deiner Zukunft im Weg", sagte Aron laut.

„Das einzige, das ich von dir verlange, ist, dass du dir etwas Beständiges suchst. Von mir aus, steig bei Toni und seinen Eltern ein. Wenn es das ist, was dich glücklich macht. Aber du arbeitest selbst da total unregelmäßig. Du sitzt hier rum und schreibst oder keine Ahnung was, aber du zeigst es niemandem. Warum nicht? Du bist gut. Warum, um alles in der Welt, tust du nichts?"

Aron war schockiert von der Verzweiflung in Mathildas Stimme. Sie klang wie ein Flehen. Und er hatte keine Antwort darauf.

Es verging eine Ewigkeit, in der sie beide nichts sagen. Es verging so viel Zeit, dass es sich seltsam anfühlte, in die Stille hinein zu sprechen. Aron war es schließlich, der die Stille brach.

„Bitte sag mir, dass du mich nicht mehr liebst", sagte er leise.

Mathilda drehte den Kopf in seine Richtung, aber ihr Gesicht blieb vollkommen regungslos. „Du weißt, dass ich das nicht mal in tausend Jahren sagen könnte."

„Warum kriegen wir es dann nicht mehr hin?" Er sah ihr in die Augen und wollte die Antwort dort herauslesen. Er wollte nicht, dass Mathilda die Wahrheit beschönigte oder verdrehte, er wollte wissen, warum sie es nicht mehr schafften.

Mathilda schluckte, dann liefen ihr Tränen über das Gesicht. Als Aron das sah, wollte er sie am liebsten in den Arm nehmen und trösten, aber es waren Tränen, die er zu verschulden hatte. Sie weinte wegen ihm. Um ihn. Die Last auf seiner Brust wurde so schwer, dass er das Gefühl hatte, zu ersticken. Während Mathilda weinte, versuchte er, seinen Puls und seine Atmung unter Kontrolle zu bekommen.

„Es tut mir leid, wenn ich dich verletzt habe", sagte er schließlich.

Mathilda wischte sich über die Augen und schüttelte den Kopf. „Dazu gehören immer zwei."

Noch am gleichen Abend packte Mathilda ihren Koffer und den alten Rucksack ihres Bruders. Sie steckte das Nötigste ein, rief ihre Schwester an und verabredete mit ihr, dass sie am nächsten Tag zu ihr fahren würde. Aron nahm seine Bettdecke aus dem Schlafzimmer und legte sie im Wohnzimmer auf die Couch. Mathilda machte in der Nacht kein Auge zu. Ihre Tränen brannten auf ihrem Gesicht und sie hatte das Gefühl, dass sie nie wieder Glück empfinden würde. Sie spürte, dass sie Aron verloren hatte. Nicht erst an diesem Abend.

Als sie am nächsten Morgen aufwachte, war Aron nicht da. Seine Bettdecke hing über der Lehne der Couch, seine Schuhe und seine Jacke waren weg. Er hatte seinen Schlüssel mitgenommen und ihr die Wohnung überlassen, wie wenn der Feind das Schlachtfeld verlässt, um seine Kapitulation auszudrücken.

Mathilda duschte, putzte ihre Zähne und kämmte ihre Haare. Dann schulterte sie ihre Tasche und schaute auf ihr Handy. Paula hatte ihr geschrieben, dass sie unten auf der Straße auf sie wartete. Sie war mit ihrem Wagen gekommen, damit Mathilda ihre Sachen nicht durch die ganze Stadt tragen musste. Zuerst verstauten sie nur Koffer und Rucksack im Auto, dann gingen sie noch einmal gemeinsam in die Wohnung und Mathilda packte noch ein paar Bücher ein. Mehr als eine Jacke, mehr als ein Paar Schuhe. Dann bat sie Paula unten im Auto zu warten. Sie ging ins Wohnzimmer, zog Wells aus dem Schrank und schlug die Seiten auf. Eine halbe Ewigkeit blätterte sie durch den Roman, dann ging sie in die Küche, nahm einen Kugelschreiber und unterstrich einen Satz auf Seite 339: „Tut mir leid, ich bin nicht gut in sowas."

Kapitel 21

Mathilda hat die Hand auf der Klinke der Wohnungstür. Sie sieht Aron an, dann öffnet sie die Tür. Dass sie hier im Treppenhaus gesessen haben, kommt ihr vor, als wäre es Tage her. Wochen. Monate. Jahre.

„Mach's gut, Aron", sagt sie und Tränen glänzen in ihren Augen.

Aron erwacht aus seiner Starre und tritt mit ihr vor die Tür. Er nimmt ihre Hände in seine. „Wir haben uns ganz gut geschlagen, oder?" Trotz all dem, was er gerade fühlt, sieht sie ein Lächeln in seinen Augen.

Sie erwidert es. Noch nie hat ihr ein Lächeln so viel Schmerz bereitet. Es fühlt sich an, als hätte sie sich selbst ein Messer ins Herz gestochen. „So gut wir konnten." Sie beißt sich auf die Unterlippe, um nicht zu weinen.

„Darf ich dich in den Arm nehmen?", fragt Aron.

Sie nickt.

Zaghaft, behutsam, sanft, vorsichtig legt er seine Arme um sie und zieht sie zu sich heran. Er spürt ihren Körper an seinem, er spürt ihre Hände auf seinem Rücken. Er lehnt das Kinn an ihren Kopf, schließt die Augen. Ihr Herz schlägt an seiner Brust. Wenn er könnte, würde er sie für immer so festhalten. Wenn er könnte, würde er sie nicht gehen lassen. Er merkt gar nicht, dass er weint. Er merkt es erst, als seine Tränen aus seinen Augen fallen. Er liebt diesen Menschen in seinem Arm mehr als sein Leben. Weil er sie nicht festhalten kann, lässt er sie los. Mathildas Hände lösen sich zögerlich von seinem Rücken. Sie sieht ihm ins Gesicht. Ihre Tränen sehen genauso aus wie seine.

„Ich bin so dankbar dafür, die Liebe meines Lebens gefunden zu haben", sagt Mathilda leise.

Aron nickt, er zieht sie noch einmal zu sich heran, drückt sie fest und lässt sie wieder los.

Mathilda lächelt ihn an. Dann stellt sie sich auf die Zehenspitzen und berührt mit ihren Lippen seinen Mund. Aron hört sein Herz in seinen Ohren. Er umfasst ihren Kopf mit beiden Händen und bewegt seinen Mund auf ihrem. Er spürt ihre Zunge, die sich zwischen seine Lippen schiebt, er spürt ihre Verletzlichkeit, ihre Stärke, ihre Angst und ihren Mut. Sie küssen sich wie zwei Ertrinkende, die sich an das letzte Stück Holz klammern, das von ihrem Schiff übrig geblieben ist. Um sie herum bricht das Haus auseinander, die

Treppen geraten aus dem Lot, das Geländer kracht an einigen Stellen ein und stürzt in die Tiefe. Die Wände beben, aus der Decke lösen sich gefährliche Bruchstücke, die neben ihnen einschlagen. Der Putz rieselt von der Decke wie frischer Schnee. Unten auf der Straße gibt es einen gewaltigen Knall. Noch einen, mehrere schnell hintereinander. Ein Kreischen, das einem die Lungen zerreißt, wie von einer Rakete. Dann bedrohliche Stille, bevor die Straße entzweireißt.

Schwer atmend lösen sie sich voneinander. Dann dreht sich Mathilda auf dem Absatz um. Aron ist beinahe irritiert, dass das Treppenhaus so aussieht wie immer. Sie sieht ihn auf der obersten Stufe noch einmal an.

Mathilda rennt die Treppe hinunter, nimmt mehrere Stufen auf einmal und stürzt aus dem Haus. Sie ist dankbar für die Kälte, die sie auf der Straße erwartet, für den Regen, der ihr ins Gesicht weht. Autos fahren über die nasse Straße. Sie bleibt einen Moment auf dem Bürgersteig stehen, dann rennt sie in Richtung der U-Bahn-Station. Sie hat das Gefühl, dass sie rennen muss, weil ihr Herz sonst auseinanderfällt. Wenn sie jetzt stehenbleibt, dann kann sie nicht verhindern, dass es in Stücke reißt. Sie kann nichts tun, damit es heil bleibt.

Sie hastet die Stufen zum Bahnsteig hinunter und bleibt keuchend stehen. Es stört sie nicht, dass die Passanten, die auf die nächste U-Bahn warten, sie irritiert ansehen. Beinahe flehend sieht sie sich um in der Hoffnung, Aron würde am

Treppenabsatz auftauchen. Aber sie weiß, dass er nicht kommen wird, denn das ist ihr Ende.

Ende

Nachwort

Ich habe seit Jahren damit gekämpft, eine Liebesgeschichte zu schreiben. Alle Ideen, die ich hatte, habe ich über den Haufen geworfen, Geschichten – teilweise hunderte von Seiten – gelöscht, weil nichts das traf, was ich ausdrücken wollte. Es sollte nicht das altbekannte Schema sein: Irgendetwas verhindert, dass die Verliebten direkt zueinander finden. Immer, wenn ich Figuren erschaffen habe, die Derartiges erleben, fehlte mir die Authentizität. Die Veränderungen in unserer Gesellschaft, die Schnelllebigkeit und Grenzenlosigkeit haben mich schließlich zu *AUS* geführt. Vorweg ein kleiner Exkurs:

Meine Großeltern lernten sich in den fünfziger Jahren in Ostdeutschland kennen. Mein Opa kam aus dem Westen, war auf den Geburtstag seines Cousins eingeladen worden und begegnete dort zum ersten Mal meiner Oma. Beide hatten sie den Krieg erlebt, beide hatten sie Menschen im Grauen dieser Zeit verloren – Väter, Schwestern, Freunde. Ihre Generation war geprägt von Trauer und Angst, ihre Jugend war geprägt von Erinnerungen an schreckliche Dinge, die sie miterlebt hatten. Und jetzt standen sie voreinander, eine Frau, die im ersten Moment vielleicht unnahbar schien, ein Mann, der unter seinen Freunden und in seiner Familie immer als der Spaßvogel galt. Und in diesem Moment sollte sich ihr Leben für immer verändern. Es war unvorstellbar für meinen Opa, diese Frau zurück in den Osten gehen zu lassen, also behielt er sie bei sich. Was unerwartet begann, wurde die schönste Liebesgeschichte, die ich kenne. 55 Jahre lang waren sie verheiratet. Ich erinnere mich daran, dass mein Opa in den letzten Tagen seines Lebens meine Oma küsste und zu mir sagte: „So, mein Stuppes, küsst ein Mann eine Frau, die er liebt." Sie waren füreinander die erste Liebe und sollten füreinander die einzige sein.

Diese Geschichte habe ich mir selbst immer als Vorbild genommen und oft feststellen müssen, dass sich Zeiten und Menschen geändert haben. Die Welt, in der wir leben, ist schnell, laut, groß, weit, voll, grenzenlos. Es geht immer noch ein bisschen besser. Vielleicht haben wir mittlerweile höhere Ansprüche an uns selbst und unsere Partner. Rastlos zu sein scheint etwas zu sein, das viele Menschen in meiner Generation antreibt. Was wie eine Bewertung klingt, soll eher als eine Reflexion verstanden werden. Solche Gedanken sind der Keim, aus dem diese Geschichte von Mathilda und Aron gesprossen ist.

Aron, als jemand, der darunter leidet, weder Vater noch Mutter zu haben, die ihn im Leben leiten, trifft auf Mathilda, die in einer intakten Familie aufgewachsen ist. Seine Orientierungslosigkeit, seine Unfähigkeit, sich auf etwas festzulegen, seine unstete Art sind Dinge, die die zielstrebige Mathilda nicht nachvollziehen kann. Das, was an ihm anders war, hat sie angezogen, aber sie stellt fest, dass ihr das nicht für die Zukunft reicht. Liebe ist in ihrem Fall etwas geworden, über das man rational entscheidet. Dass die erste Liebe nicht unbedingt für die Ewigkeit bestimmt ist, können sicherlich viele Menschen nachvollziehen, genauso wie die Tatsache, dass man mit dem Menschen, für den man zum ersten Mal Liebe empfunden hat, auf eine eigenartige, spezielle Art für immer verbunden bleiben wird. Dass ihr tatsächliches Ende bis zum letzten Kapitel, bis zum letzten Satz hinausgezögert worden ist, sollte eine Hoffnung auslösen, dass die beiden doch noch zueinander finden. Aber genau das hätte ich wieder nicht authentisch gefunden. Wenn zwei Menschen eine Verbindung zueinander eingehen, gibt es verschiedene Einflüsse. Die Liebe sollte der entscheidende Einfluss sein. Das haben wir in unserer Zeit, so glaube ich, einfach vergessen, aber auch ich glaube daran, dass Liebe ausreicht und zwar aus diesem Grund:

Renate und Günter

♥

Weitere Romane der Autorin:

Grüß Göttin

ISBN: 978-3-7481-0948-8, Taschenbuch 7,99€, E-Book 4,49€

Was glaubst Du, wie viele Menschen es da draußen gibt, die uns guttun und von denen wir nicht einmal wissen, dass es sie gibt?

Über Prag wollte die junge Lehrerin Elise aus Berlin ursprünglich nicht nach Zürich, doch auf ihrer Zugfahrt lernt sie die Künstlerin Babette kennen. Nach einer Zugpanne hinter Dresden beschließen die beiden Frauen in der kalten Winternacht alleine weiterzuziehen und schon bald wird Elise klar, dass mit dieser Frau alles ein großes Abenteuer ist. Was sie nicht weiß, Babette trägt ein schmerzhaftes Geheimnis in sich.

Leseprobe *Kapitel 1*

Ein Abenteuer beginnt meist ziemlich unbequem. Das pflegte meine Oma Lotte zu sagen und dieses Abenteuer – das größte, das ich je erleben würde –, begann äußerst *ziemlich unbequem.*

Berlin war Atlantis, eine Stadt versunken im Schnee. Und ich suchte das Glück, wusste nicht, wo ich es finden sollte, ahnte, es nicht in Berlin finden zu können und stieg in einen großen braunen Zug, der seine Endhaltestelle in Zürich haben sollte. Ich drückte meinen Rucksack fest vor meine Brust und hoffte, das Richtige zu tun.

Der Zug war alt, aber majestätisch. Er spielte mit seinem mittelalterlichen Charme, ließ die Wände knarren, die Beleuchtung flackern und hin und wieder die Motoren aufheulen. Ich glaubte, er machte sich lustig über uns, über all die Menschen, die sich bei dieser Wetterlage aus dem Haus wagten, weil sie irgendetwas antrieb. Irgendetwas, das so stark war, dass es sie nicht in der Sicherheit hielt. Zugegebenermaßen hatte ich ein mulmiges Gefühl im

Bauch, denn Berlin war für mich immer der sichere Hafen gewesen und der Ort, an dem ich glaubte, alles zu haben.

Nicht auf Anhieb fand ich einen Sitzplatz, stellte meinen Rucksack auf meine Knie und ließ ihn nicht los. Er war mein Schutzschild. Kein Krieger bricht in ein Abenteuer auf, ohne etwas zu haben, mit dem er sich zur Wehr setzen kann. Die Passagiere um mich herum lasen in dicken, abgegriffenen Büchern, kämpften mit dem Sportteil einer Zeitung oder tippten emsig auf die Tastatur ihres Laptops. Neben mir saß eine Frau, die hektisch Unterlagen sortierte und sich mit einem Kugelschreiber Notizen machte. Mir gegenüber saßen zwei junge Männer; der eine trug Kopfhörer und kaute laut auf seinem Kaugummi herum, der andere stierte schüchtern durch seine rahmenlose Brille. Ich beobachtete die ungleichen Erscheinungen eine Weile und erschrak, als der Typ mit den Kopfhörern seinen Kaugummi zerplatzen ließ. In der Vierersitzgruppe jenseits des Ganges saßen drei Frauen um die Dreißig, die ihrer Sprache nach aus Tschechien oder Polen kamen und die warme Wintermützen trugen.

Die Fensterscheiben des alten Zuges waren beschlagen, hin und wieder erkannte ich zuckende Lichter. Ich konzentrierte mich auf das Gespräch der drei Damen neben mir und verstand seltsam betonte Berliner Orte wie Reichstag, Brandenburger Tor, Hackescher Markt oder Fernsehturm. Eine der Dreien tippte, während sie sprach, auf ihrem riesengroßen Handy herum und nur wenn sie auflachte, löste sie den Blick von dem Bildschirm.

Dresden. Die beiden jungen Männer, die mir gegenübergesessen hatten, stiegen aus und ich erlaubte mir, meine Beine auszustrecken. Mir war kalt und ich war müde, es war kurz vor elf am Abend. Aus dem Augenwinkel beobachtete ich die neuzugestiegenen Passagiere. Viele schirmten sich mit Kopfhörern von der Umwelt ab, viele Blicke trafen sich nur flüchtig.

„Grüß Göttin", hörte ich plötzlich eine Stimme neben mir. Eine Frau hatte sich vor den Vierersitz gestellt, auf dem ich saß und zeigte auf den Platz mir gegenüber. „Ist hier noch frei?" Sie strahlte in einer Intensität, die sie von den anderen Zugpassagieren völlig unterschied.

„Ja", sagte ich freundlich.

Sie sah aus wie eine Katze. Zumindest ihre Augen waren katzenartig, oval, grau-grün und aufmerksam. Sie setzte sich mir gegenüber, lächelte mich mehrmals dankbar an und begann, sich die vereisten Schneeflocken aus den braunen Haaren zu ziehen. Sie legte ihren Rucksack auf den Fensterplatz und ich ertappte mich dabei, sie unentwegt anzustarren. Ich zwang mich, wegzusehen. Es war faszinierend, nein, *sie* war faszinierend. Ihre Ausstrahlung war einnehmend, ohne einzuschränken, einschüchternd, ohne zu distanzieren. Sie kam in diesen Zug um kurz vor elf und für eine winzige Sekunde blieb die Zeit stehen.

Nachdem der Zug losgefahren war, dauerte es ungefähr eine halbe Stunde, bis er langsamer wurde, zweimal stockte, als versuchte er zu bremsen, und dann nach weiteren zwanzig Minuten Schleichfahrt anhielt. Das Licht der dämmrigen Lampen an der Decke flackerte, ging aus und flackerte erneut geheimnisvoll. In dem Abteil begannen die Passagiere miteinander zu tuscheln, vereinzelt standen sie auf, um die Gänge hinunterzusehen. Irgendwo weiter entfernt schrie ein kleines Kind.

Die Katzenfrau legte ein braunes Buch auf ihren Schoß und sah sich amüsiert um. „Was ist das denn?", fragte sie belustigt, wobei ihre Augen fröhlich funkelten. Sie sah mich an. Die Farben ihrer Augen waren unheimlich, mal grau, mal leuchtend grün.

„Geht bestimmt gleich weiter", sagte ich und erwiderte ihr Lächeln.

„Ich hoffe, es geht gleich weiter. Ich habe wichtige Termine. Wir haben sowieso schon achtzehn Minuten Verspätung." Die Frau, die mit ihren Unterlagen neben mir saß, wischte genervt mit dem Ärmel ihrer Jacke über die Fensterscheibe, um nach draußen sehen zu können. Es war stockdunkel und mittlerweile kurz vor Mitternacht. Über ihre Schulter hinweg erkannte ich nur den leuchtenden Mondschein.

Für einen Augenblick bereute ich, hier zu sein. Hier und nicht zu Hause in meinem geliebten Berlin. Bei Mats. Ich ärgerte mich, dass ich so viel aufs Spiel setzte, um einem alten Traum zu folgen, den ich als junges Mädchen einmal geträumt hatte.

„Seit wann bist du im Zug?", fragte mich die Katzenfrau und riss mich aus meinen Gedanken. Im ersten Moment war ich überrascht, dass sie mit mir sprach.

„Berlin", sagte ich, lächelte und fragte mich, wie ein Mensch so grüne Augen haben konnte.

„Schöne Stadt. So laut, wild und bunt." Sie riss bei jedem Adjektiv, mit dem sie Berlin beschrieb, die Augen ein Stückchen weiter auf. „Ich habe für eine kurze Zeit selbst dort gelebt. Rosenthaler Platz, Torstraße. Magische Orte."

„Friedrichshain", sagte ich und merkte, dass sie mich musterte. Nicht auf diese kritische, skeptische Art, auf die man sich manchmal beobachtet fühlt, sondern auf eine liebenswürdige, liebevolle Weise. Für eine kurze Zeit schien sie in Gedanken zu schwelgen, aber dann fand sie ins Hier und Jetzt zurück und lächelte wieder ihr eigenes, ganz spezielles Katzenlächeln.

Ich merkte, wie ich mich für sie interessierte und dass ich mich fragte, wer diese Frau war. Diese Frau, die so ganz anders war, anders als diejenigen, die mir heute schon begegnet waren, anders als diejenigen, die mit mir in diesem Zug saßen. Sie hatte eine ganz besondere Art, die Menschen anzusehen. Als wäre das ihre einzige Aufgabe auf dieser Welt, Menschen anzusehen und ihnen – wenn auch nur für einen kurzen Augenblick – ihre volle Aufmerksamkeit zu schenken. Wer war diese Frau? Warum fuhr sie mit diesem Zug? Wo wollte sie hin?

„Ich werde mich bei der Deutschen Bahn beschweren. So geht das ja nicht!", keifte die Frau, mit der sich die Katze und ich den Sitz teilten, in meine Gedanken.

Die Katzenfrau warf der hektischen Frau einen verständnisvollen und mir einen belustigten Blick zu. Ich fand sie sympathisch.

Mit einem Knacken eingeleitet sprach die Stimme des Zugführers durch kleine flache Lautsprecher, die über uns hingen, zu uns. „Sehr geehrte Fahrgäste, wir bitten den unverhofften Zwischenstopp vielmals zu entschuldigen. In wenigen Minuten erhalten wir Informationen aus dem Kontrollcenter der Deutschen Bahn und melden uns unverzüglich bei Ihnen, wann es weitergeht."

„Das ist ja die Höhe! Wann es weitergeht? Ich habe wichtige Termine", schrie die Frau neben mir in die Richtung der Lautsprecher.

Jetzt war ich es, die der Katze einen amüsierten Blick zuwarf, den sie belustigt erwiderte.

„Darf ich mal bitte vorbei?" Mit ihren Unterlagen unter dem einen und ihrer Tasche unter dem anderen Arm erhob sich unsere Sitznachbarin. Als die Geschäftsfrau davongerauscht war, stellte ich meinen Rucksack auf den Platz, auf dem sie gesessen hatte.

„Wohin fährst du, wenn ich fragen darf?" Die Katze hatte ihren Kopf leicht gesenkt und sah mich von unten nach oben an.

„Ich habe ein Vorstellungsgespräch in Zürich", sagte ich freundlich. Ich freute mich, dass sie ein Gespräch mit mir beginnen wollte.

„Als was stellst du dich vor?"

„Lektorin", antwortete ich.

Sie nickte interessiert und beobachtete mich kurz.

„Willst du auch in die Schweiz?", fragte ich.

„Ja", sagte sie ohne weiteren Erklärungen und ließ das Leuchten ihrer Augen für sich sprechen.

Kurz darauf knackte der Lautsprecher über uns ein zweites Mal: „Sehr geehrte Fahrgäste, ich bitte Sie nochmal um Ihre Aufmerksamkeit. Wir können die Weiterfahrt zum aktuellen Zeitpunkt nicht wieder aufnehmen. Techniker der Deutschen Bahn sind auf dem Weg zu uns." Es gab Gemurmel im Hintergrund. Der Sprecher räusperte sich. „Wir möchten uns für die Unannehmlichkeiten entschuldigen und wir versprechen Ihnen, alles in unserer Machtstehende zu tun, damit wir bald weiterfahren können. Die Wetterbedingungen erschweren es uns, schnelle Hilfe zu erhalten. Wir melden uns mit weiteren Informationen."

Die Stimmen der Passagiere im Abteil wurden lauter, erzürnter. Die Leute wollten ankommen. Ein Mann zog eine Zigarettenschachtel aus seiner Tasche, öffnete die Tür des

Abteils und sprang die Stufen hinunter in den Schnee. Ein paar andere taten es ihm gleich.

„Frische Luft könnte ich jetzt auch gut vertragen", sagte ich mehr zu mir selbst als zu der Katze. Ich beobachtete die Leute, die dem Mann nach draußen folgten.

„Wollen wir auch raus?", fragte mich die Katze. Ich sah ihr an, dass sie dasselbe Bedürfnis nach kühler Luft hatte wie ich.

Wir packten unsere Rucksäcke und verließen den Zug. Auf dem Feld, auf dem der Zug gehalten hatte, standen mehrere Personen. Auch Männer und Frauen, die die Uniformen der Deutschen Bahn trugen, unterhielten sich und rauchten.

„Was für eine köstliche Sternennacht", sagte die Katzenfrau, als wir die kühle Winterluft einatmeten. Ich wusste nicht recht, was ich zu ihr sagen sollte. Es war nicht so, als hätte ich nicht gewusst, was ich sie hätte fragen sollen, aber ich fühlte mich auf eine merkwürdige Art und Weise von ihr berührt. Nach kurzer Zeit überwand ich mich: „Mein Freund, Mats, ist gegen diese Reise. Er ist mit seinem Job an Berlin gebunden und er hat Angst, dass ich gehe." Ich atmete tief die kalte Nachtluft ein und als ich ausatmete, bildete sich ein kleines Wölkchen, das sich schnell wieder auflöste.

„Weshalb ist es dir so wichtig, dich dort vorzustellen?", fragte mich die Katzenfrau.

Ich zuckte mit den Achseln und fühlte mich seltsam, weil ich ihr diese Frage nicht gleich beantworten konnte.

„Vielleicht, weil ich eine Herausforderung suche. Oder ein Abenteuer." Ich lachte über meine eigenen Worte.

„Ein Abenteuer", sagte die Katzenfrau in einem ganz seltsamen Tonfall. Als ich zu ihr sah, sprühten ihre Augen Funken. Ich hatte noch nie eine solche Regung bei einem Menschen gesehen. Es war, als würde sie von innen heraus explodieren. „Abenteuer sind wunderbar. Abenteuer heißt auch immer wagen, verrückt sein. Wir könnten einfach losgehen. Nach da!" Die Katze zeigte in eine Richtung, in der Bäume standen. Sie überlegte noch etwas hinzuzufügen, aber sie ließ es.

Ich schmunzelte leise und riss gleichzeitig erschrocken die Augen auf. Ihr Vorschlag war bescheuert und völlig absurd, aber er traf mich. Das war genau, wie ich immer sein wollte: Einfach los und mal sehen, was passiert. Solche Menschen hatte ich immer beneidet, ihre Leben hatte ich mir so aufregend vorgestellt. Aber das war nicht ich, Elise Rose.

Die Katze sah, dass sie mich damit packte, aber sie drehte sich zur Zugtüre um und deutete nach drinnen. „Ich glaube, sie verteilen Tee."

Ich zögerte einen Moment, ich stand näher am Eingang als sie, also ergriff ich die Stange, an der ich mich auf die erste Stufe ziehen konnte. Doch plötzlich fasste sie meinen Arm.

„Wovor hast..." Die Katze zögerte einen Augenblick, aber als sie weitersprach, klang sie entschlossen, die richtigen Worte gefunden zu haben. „Wovor hast du mehr Angst? Vor Sicherheit oder vor Freiheit?"

Ich ließ die Stange los als hätte mich ein elektrischer Schlag getroffen. Eine eiserne Faust bohrte sich in meinen Magen. Ich fühlte mich als müsste ich nach Luft schnappen, um nicht zu ersticken. Alles um mich herum schien sich in rasender Geschwindigkeit zu bewegen. Als wäre ich der Mittelpunkt der Welt und alles andere geriete außer Kontrolle.

Sie wusste, dass ich das nicht ohne weiteres und schon gar nicht, ohne darüber nachzudenken, beantworten konnte. Und sie wusste auch, dass ich mich bei dieser Frage nicht auf mein Bauchgefühl verlassen würde.

Wir standen unter einem glitzernden Sternenhimmel. Die Nacht war nicht zu kalt. Neben uns der eigentlich wunderschöne alte dunkelbraune, in der Dunkelheit fast schwarze Zug, einer von denen, die man heute nur noch selten sieht. Es war der perfekte Moment für ein Abenteuer.

Die Katze hielt mir ihre Hand hin. „Ich bin Babette", flüsterte sie.

Ich wünschte, wir wären noch Freunde

ISBN: 978-3750407411, Taschenbuch 7,99€, E-Book 4,99€

Paula, Marta, David, Rafa und Ben: fünf Freunde, die sich während ihrer Schulzeit kennengelernt haben. Ein tragischer Unfall reißt sie auseinander. Nach acht Jahren stehen Paula, Marta und David an Bens Grab. Ohne Rafa. In Bens Nachlass die Zeile: Ich wünschte, wir wären noch Freunde.

„Ich wünschte, wir wären noch Freunde" ist eine Geschichte darüber, wie alte Freunde unser gegenwärtiges Leben prägen und wie es ist, sich nach einer Ewigkeit wiederzusehen.

2020
Paula

Totenstille.

Alles, was ich höre, ist mein eigener Atem, der mir wie ein Eindringling in dieser Kulisse vorkommt. Ich stehe auf dem Kiesweg, den Blick zwischen die Tannen gerichtet, die wie versteinerte Soldaten willkürlich platziert auf der Lichtung stehen. Mein Körper ist ebenso versteinert; vielleicht hat jemand einen Zauberspruch ausgesandt, der jede Bewegung erlischt. Selbst der Wind ist regungslos, selbst das Licht. Nur das Gras nicht, das rechts und links neben dem Kiesweg wächst. Es schreit, es scheint seine kleinen Finger nach mir auszustrecken und meine Knöchel umfassen zu wollen. Der Kies schützt mich nicht. Er ist lediglich ein stummer Beobachter in dieser Szene.

Von irgendwoher kommt ein Glockenläuten. Nicht von irgendwoher, von der kleinen Kapelle, die zwischen den Tannen steht. Meine Hände frieren, die Kälte frisst sich meine Unterarme hinauf, als hätte ich metertief in eisigem Schnee gegraben. Ich könnte einfach weglaufen, aber mir klebt Teer unter den Sohlen, Teer, der in den vergangenen

Jahren immer mehr geworden ist, sodass ich jetzt nicht mehr gehen kann. Ich stand zu lange an diesem Fleck auf dem Kiesweg, jetzt ist er zwischen die Steine gelaufen und ich stehe hier für immer.

Zwischen den Tannen bewegen sich Menschen. Zahlreiche sind es, in Schwarz gekleidet. Männer und Frauen. Gesichtslos sind sie. Nur der Mann, der einen schwarzen langen Talar trägt, schaut in meine Richtung, ohne zu mir zu sehen. Er steht der Gruppe zugewandt, hält eine Bibel in der Hand. Ich hätte auch gerne irgendetwas in der Hand, an dem ich mich festhalten kann, auch wenn es nur ein Buch ist.

Plötzlich schubst mich der Teer unter meinen Sohlen nach vorne, ich stolpere zwei Schritte, dann bläst mich eine starke Böe von dem Weg. Ich trete ins Gras, schaue hinunter auf meine Füße und beeile mich wieder auf den Kiesweg zu kommen.

„Der Boden ist Lava." Bens Stimme in meinem Ohr. Ich schreie auf, ganz kurz nur, ganz leise. Niemand hört mich.

Langsam gehe ich auf die Tannen zu, die sich zur Seite zu schieben scheinen, die den Blick immer weiter freigeben auf dieses Loch im Boden, um das die Gruppe herumsteht. Um dieses tiefe, schwarze Loch, das von hier bis zum Erdkern führt.

Ich höre nicht, was der Pfarrer sagt. Ich stelle mich hinter einen großen Mann und kann an ihm vorbei auf den Grabstein sehen.

Ben Schüttler

* 22. April 1990

† 10. Oktober 2020

Ich presse meine Lippen aufeinander, um meine Tränen
zurückzuhalten. Als ginge das so einfach, als gäbe es einen
Mechanismus, der verhindern kann, dass ich weine. Es
funktioniert nicht. Die Tränen kriechen über meine Wangen
bis zu meinem Kinn, absprungbereit. Ich versuche mich auf
die Worte des Pfarrers zu konzentrieren, aber er bewegt nur
seine Lippen. Mehr nicht. Es kommt kein einziger Ton aus
seinem Mund. Mit einem Mal herrscht tosender Lärm in
meinem Kopf, ganz so, als würde ich auf dem Randstreifen
einer Autobahn stehen. Ich will mir die Ohren zuhalten, aber
dann höre ich den Mann in seinem Talar noch weniger. Ich
bin mir sicher, dass es wichtig ist; das, was er sagen will.
Bestimmt ist es wichtig, denn in den Gesichtern, die ich jetzt
doch erkennen kann, sehe ich dieselbe Regung; und Worte,
die eine einzige Regung auslösen, müssen wichtig sein.
Bedauern. Ich glaube, dass man das Gefühl so nennt.
Bedauern oder Liebe.

Als hätte mich jemand mit einem Fingerzeig darauf hin-
gewiesen, bemerke ich Blicke auf mir. Als ich den Kopf zur
Seite drehe, sehe ich sie. Sie hat den Kopf gesenkt und doch
sieht sie zu mir. Ihr Blick ist unergründlich, ihre dunklen
Augen verraten mir, dass sie auf mich gewartet hat, dass sie
es mir nicht verziehen hätte, wenn ich nicht gekommen
wäre. Sie hat ihre dunklen, wilden Locken gezähmt, ge-
bändigt mit einem dicken schwarzen Zopfgummi. Sie hat

ihre Augen nicht geschminkt, vielleicht hat sie geweint. Sie sieht aus, als hätte sie hundert Jahre lang geschlafen. Oder als hätte sie hundert Jahre lang nicht geschlafen. Sicher bin ich mir nicht.

Schnell wende ich den Blick ab. Erst schaue ich auf meine Hände, dann auf den Boden, als müsste ich mich vergewissern, dass er mir nicht unter den Füßen weggezogen wurde. Ich wusste ja, dass sie kommt. Ich war mir fast sicher. Als ich wieder zu ihr blicke, erkenne ich ihn. Natürlich neben ihr. Er hat seine Haare raspelkurz. Ich hätte ihn fast nicht erkannt, weil er nicht lacht. David hat immer gelacht. Nur jetzt nicht. Er lächelt nicht einmal. Er sieht nicht zu mir. Er starrt auf das Loch. Das unendlich tiefe. Er trägt einen Anzug. Schwarz. Marta neben ihm einen schwarzen langen Mantel. Was sie darunter anhat, kann ich nicht erkennen. Bestimmt sind sie zusammen gekommen. Irgendwie wünsche ich es mir.

Die Frau links von mir drückt ihr Taschentuch an die Nase und schluchzt, ich habe das Gefühl, ich müsste es ihr gleichtun. Als sei das, was sie dort tut, ein Ausschnitt aus einer Choreographie, aus deren Takt ich nicht kommen darf. Marta hat kein Taschentuch in der Hand. David auch nicht. Vielleicht ist es nicht schlimm, wenn ich aus dem Rhythmus komme. Vielleicht gehöre ich auch nicht hinein. In den Takt.